# 闇への誘い

居眠り同心 影御用19



早見 俊

時代小説
二見時代小説文庫

闇への誘《いざな》い——居眠り同心 影御用19

目次

# 第一章　悪人狩り

一

「でかした」

蔵間源之助《くらまげんのすけ》は破顔した。

浅黒く日焼けしたいかつい顔が綻《ほころ》ぶ。

八丁堀《はっちょうぼり》、楓川《かえでがわ》に架かる越中橋《えっちゅうばし》の袂《たもと》にある、縄暖簾《なわのれん》独楽《こま》でのことだ。店名の通り、紺地の暖簾に独楽の絵柄が白地で描かれ、夕風に揺れている。安くて美味《うま》い肴《さかな》を出すということで、懐にはありがたい。

源之助は北町奉行所の同心、組屋敷までは目と鼻の先だ。いかつい面差《おもざ》しから酒豪と思われがちだが、特別酒を好むことのない源之助にしてみれば、奉行所からの帰途、居酒屋に立ち寄るのはよほどのことである。

そう、今夜ばかりは素通りして帰ることはできない。それほど源之助にはうれしい出来事があった。

芝口《しばぐち》南に店を構える米屋の弁天屋光右衛門《べんてんやこうえもん》が捕縛されたのだ。捕縛したのは源之助ではない。定町廻り《じょうまちまわ》同心を勤める息子源太郎《げんたろう》である。しかし、それでも、いや、息子だからこそうれしい。己が手柄を立てたよりもよほど喜ばしい。

「でかしたぞ」

源之助はもう一度声をかけ、源太郎の肩を叩いた。

「運がよかったのです。まこと、ついておりました」

源太郎は謙虚に答えたものの、その表情は誇らしげだ。横に座る先輩同心牧村新之助《まきむらしんのすけ》も、

「謙遜も程ほどにしておかぬと、皮肉に聞こえるぞ」

と、ちろりを向ける。

「どんどん、飲め」

源之助も勧める。

「父上も飲んでくだされ。今日ばかりは、ほどほどにする、などとはおっしゃらない

でくださいよ」

源太郎が返すと源之助もいいだろうと猪口《ちょこ》を差し出した。源太郎の酌を受けつつ、

「それにしても、お香《こう》の証言、よくぞ取りつけたものだな」

源之助が言った。

「お香も内心では嫌気が差していたのでしょう」

源太郎は事件を思い出したのか表情を引き締めた。

弁天屋光右衛門が、実は押し込みを重ねた大盗人《ぬすっと》空っ風《からかぜ》の光蔵《こうぞう》であることは、北町奉行所の隠密《おんみつ》同心が摑んだ。ところが、光右衛門が光蔵だという証《あかし》はなかった。女房お香が証言するということで、光右衛門の罪を立証できる見通しが立ったのである。

お香は源太郎の説得に応じて、光右衛門が大盗人であることを証言したのだった。

「それにしてもお香、よく証言する気になってくれたものだな」

源之助が今日何度めかのこの台詞《せりふ》を述べ立てる。源太郎の代わりに、

「源太郎の粘り勝ちです」

新之助が、源太郎は朝な夕な、雨が降ろうと槍が降ろうと、お香が出かけるのを待ちうけ、嫌がるお香を説得し続けたそうだ。幾度となく拒絶されようと根気強く、お香に光右衛門によって押し込みに入られた者たちの悲惨な有様を得々と聞かせ、さら

には、その者たちの一人を会わせ、光右衛門の悪党ぶりを伝えた。

「お香は亭主が盗人であることを知りながら、贅沢な暮らしができるからと見て見ぬふりをしていたのですが、光蔵の悪行《あくぎょう》を知り、心が揺らいだのです。我らの手助けをする気になり、奉行所にわたしを訪ねて来ました」

源太郎は言った。

「今、お香はどうしておるのだ」

源之助の問いかけに、

「小伝馬町《こでんまちょう》の牢屋敷の女牢におります。明日、御白州《おしらす》での証言を待つばかりです」

「これで、空っ風の光蔵も万事休すですよ」

新之助が酔いで顔を赤らめ、気勢を上げる。

空っ風の光蔵は火盗改《かとうあらため》も南町奉行所も追っていた大盗人、北町が弁天屋光右衛門こそが光蔵だと突き止め、更には裁きを受けさせるに足る証言を引き出したとはまさしく大手柄だ。

「明日が楽しみだな」

源之助は猪口を飲み干した。源太郎と新之助も笑顔でうなずく。

「空っ風の光蔵、大物だったな。まさしく大手柄だ。火盗改も追っておったのだぞ。

それを源太郎、よくぞ捕縛した」

源之助は酔いが回ったせいでしつこくなった。

「父上、もうその辺にしておいてください」

源太郎に言われ、

「そうだな」

源之助も息子の言葉を受け入れ、黙って猪口を重ねた。

まったく、今宵の酒は美味い。

文化《ぶんか》十四年（一八一七）の如月《きさらぎ》、江戸のそこかしこにナズナが白い花を咲かせ始めた十日のことであった。

源之助たちが美酒に酔いしれた明くる十一日の昼下がり、北町奉行所の御白州で、町奉行から弁天屋光右衛門の解き放ちが沙汰された。光右衛門は放免されたのである。光右衛門は大手を振って、北町奉行所を後にした。それは晴れやかな顔だった。

早春の候、光右衛門ばかりは一足早い桜満開のような心持ちとなったようだ。

対照的に源太郎と新之助は悔しげに顔を歪め、源之助がいる居眠り番へと向かった。二人とも堅く唇をへの字に引き結んだまま屈辱に打ちひしがれていた。

源之助は浮き立つ知らせをまっていた。

両御組姓名掛《りょうおんくみせいめいがかり》、源之助が勤める部署である。役目といえば、南北町奉行所の与力、同心の名簿作成だ。各々の家に不幸があったり、子が生まれたり、嫁を迎えたり、嫁《とつ》いだりする等、家族構成の変化を名簿に反映させる。実に平穏で且《か》つ暇な仕事だ。よって、居眠り番と呼ばれている。

暇な部署ゆえ奉行所の建屋内にはなく、土蔵の一軒を借りている。壁に沿って書棚が立ち並び、各々に南北町奉行所の与力、同心の名簿がいろは順に整然と詰めてある。板敷きには畳が二畳横並びに置かれ、小机と火鉢があった。日がな一日、何をするでもなく、時が過ぎ行くのに身を任せる。当初は苦痛なことこの上なかったが、今ではすっかり慣れてしまった。

今日は、喜ばしい知らせが届くとあって暇なことがありがたい。火鉢に手を翳《かざ》しながら天窓から覗く空を見上げた。差し込む日差《ひざ》しは柔らかで雲雀《ひばり》の鳴き声が心地良い。軒先で雀が巣を作り始めた。春が確実に深まっている。

「失礼します」

源太郎の声がした。

「入れ……」

笑顔で返したものの、源太郎の声には張りがなく、戸口に立つ姿にも若さが感じられない。そこには、打ちひしがれた敗残兵がいるばかりだ。脇に立つ新之助はそんな源太郎を支えるように肩に手を回していた。

「どうした」

悪い予感を抱きつつ問いかけると同時に、

「申し訳ございません」

源太郎が戸口で両手をついた。その姿を見れば、何が起きたのかは想像がつく。源之助は立ち上がり、ゆっくりと戸口まで歩いて行った。

「立て」

息子の無様《ぶざま》な姿は見たくない。たとえ、どのような目に遭おうとも、八丁堀同心としての矜持《きょうじ》を失ってはならない。そんな源之助の思いは源太郎にも伝わったようで、源太郎は立ち上がると背筋をぴんと伸ばし、

「弁天屋光右衛門、解き放ちとなりました」

源之助は軽くうなずくと新之助に視線を移す。

「お香が死んだことで、光右衛門を盗人であると証言する者がいなくなったのが、敗

因です」

新之助が答えた。

「お香が死んだだと……。小伝馬町の牢屋敷にいたのではなかったのか」

源太郎から、お香が差し入れの饅頭《まんじゆう》を食べたところ、その中に毒が仕込まれていたという説明が加えられた。饅頭を差し入れたのは、弁天屋に奉公する女中ということだった。目下《もつか》、女中の行方を追っている。弁天屋は十日前、光右衛門が捕縛されたことを機に閉じられていた。

女中は光右衛門に命じられたに違いないのだが、女中を捕縛しないことには、立証できない。

「お香が証人に立つということで、浮かれ過ぎておりました。わたしの油断です」

源太郎は唇を嚙んだ。

「今更、悔いても仕方あるまい。油断したのは、おまえばかりではない。わたしも浮かれ騒いでしまったのだ。年甲斐もなくな」

源之助も自嘲気味な笑みを漏らした。

「わたしが、ぬかったばかりに光右衛門は……。天下の大盗人空っ風の光蔵は、大手を振って出て行ってしまったのです。わたしのしくじりで……」

自分を叱咤して姿勢を正していた源太郎だったが、失態を思って再びしおれてしまった。

「光右衛門め、これで、江戸から公然と出て行くことができます」

新之助も悔しそうだ。

「全ての責任はわたしです」

源太郎は両手で拳を作り、ぶるぶると震わせた。

「いつまで、突っ立っておるつもりだ」

源之助が二人に中に入るよう促すと、源太郎と新之助は一礼をして足を踏み入れた。

畳敷きで向かい合う。

源太郎は肩を落としたり、背筋を伸ばしたりを繰り返している。八丁堀同心として気丈であらねばならないという思いと、自分の手落ちを責めることの挟間《はざま》を揺れているのだ。

「ともかく、こたびのこと、今後の御用の糧《かて》としなければならんぞ」

「はい」

源太郎は返事をしたものの、この失敗は取り返しがつかないと思っているようで声《こわ》音《ね》に生気がない。実際、光右衛門は解き放たれた。今後、新たな押し込みを行って、罪を明らかにできれば処罰できるが、同じ押し込みの一件で、再びお裁きを受けさせるわけにはいかないのだ。それゆえ、源太郎の苦衷《くちゅう》が手に取るようにわかる。

「ともかく、気を取り直そう」

新之助が言った。

「そうですね」

源太郎も引きつった笑顔で応じた。

「さて、どうする」

源之助が問いかけると、

「決まっております。町廻りです」

源太郎は力強く答えた。

「そうだ、町廻りだ」

新之助も声を大きくした。

「よし、ならば、わたしは……」

源之助はやろうにもやるべき仕事がない。寂しい気持ちが涌いたが、源太郎の苦悩を思うと黙っていた。

# 二

夕刻となり、源之助は家路に着いた。

源太郎には小言《こごと》を並べたが、源之助とても胸にもやもやが残っている。光右衛門が大盗人空っ風の光蔵であることは源之助も確信していただけに、時が経つにつれ、悔しさが募り胸を焦《こ》がされた。

悪党が堂々と大手を振って天下の往来を歩く。いかにも理不尽だ。光右衛門を裁くことができなかったのは、奉行所の落ち度である。御白州で裁かれない以上、光右衛門は罪人ではない、ただの町人だ。そのことを理屈では理解できる。しかし、むざむざと悪党がのさばることには得心《とくしん》が行かない。

夕映えの町並みがくすんで見える。自分の気持ちを映し出しているようだ。

日本橋通《にほんばしとおり》一丁目の表通りを行く。江戸随一の盛り場、道の両側には大店《おおだな》が軒を連ね、今も賑わっているのだが、源之助は寂寥感《せきりょうかん》に包まれている。長谷川町《はせがわちょう》にある履物問屋杵屋《きねや》に寄ろうか。杵屋の主、善右衛門《ぜんえもん》とは永年に亘《わた》って親交が深い上に、ここ数年は碁敵《ごがたき》でもあった。善右衛門と碁を打とうか。碁を打ったとて、なんら解決することはないのだが、少しは気分が晴れるだろう。

表通りから横丁に入ろうとしたところ、甲高《かんだか》い笛の音《ね》が耳をついた。雑踏の中にあっても、はっきりと耳の奥に届いてくる。目の前を按摩《あんま》が歩いている。顔を上げ、杖をつきながら近づいて来た。背をやや反らしているのは、この按摩が失明したのは、幼い頃であることを物語っている。成人してから失明した者は、世の中の景色を覚えているゆえ、何かにぶつかることを恐れながらの歩行となって杖を前に出し、腰が引けた格好となる。

道を譲ったところで、

「北町の蔵間さまですか」

按摩に声をかけられた。

虚をつかれ、返事に窮《きゅう》したが、

「そうだが……」

どうしてわたしを知っているのだと問いかけようとする前に、

「これを、渡してくれと頼まれまして」

按摩は一通の書付《かきつけ》を手渡してきた。受け取り、

「誰からだ」

尋ねた時には、笛を吹き鳴らし、意外なほどの速足で歩き去り、按摩は雑踏の中に消えた。源之助はいぶかしみながらも書付を広げた。

「影御用を依頼に付き、萩月《はぎづき》の奥座敷へ参られたし」

と、記してある。

影御用、それは居眠り番となった源之助が奉行所の役目とは関係なく引き受ける御用だ。かつて筆頭同心として、辣腕《らつわん》ぶりを発揮した源之助の盛名は衰えることなく、源之助を頼って様々な役目が持ち込まれるのだ。奉行所とは関係なく源之助が個人的に役目を担《にな》う。源之助は影御用と呼んでいる。時に、報酬があったりはするが、出世には無縁、褒美も取り立てて欲しくはない。事件の探索やら悪党を成敗するという仕事そのものに、源之助の胸は躍《おど》るのである。

どこの誰の依頼かはわからないし、どんな御用なのかも不明だが、影御用という文字を見ただけで血が騒ぐ。いつも以上に気持ちが高ぶっているのは、光右衛門のことがあったからだと自覚している。

ともかく行ってみよう。

源之助は指定された萩月へと足を向けた。

萩月は、日本橋本石町《ほんこくちょう》二丁目、時の鐘の近くにあった。檜《ひの》造りの二階家、手入れの行き届いた庭が評判の高級料理屋である。

萩月に着くと、源之助の来訪の段取りができていた。大刀を女中に預け、奥座敷へと案内される。廊下を何度も折れ、突き当たりの座敷に至ると、女中が無言で障子を開ける。座敷の中には誰もいなかった。

「こちらで、お待ちください」

女中はそれだけ告げると、源之助の問いかけを避けるようにそそくさと立ち去った。いかにも料亭の奥座敷といった部屋である。床の間には三幅対の掛け軸が飾られ、焚《た》き込めている香が高級感を漂わせている。高級料理屋の奥座敷とあって、一見《いちげん》の客が使えるとは思えない。きっと、常連であろう。萩月の常連とは分限者《ぶげんしゃ》ということになる。

もっとも、影御用を頼んでくる相手は庶民ではないのだが。

女中からお連れさまが少し遅れるという伝言があったことを残し、茶と饅頭を置いた。人を呼びつけておいて待たせるとは、という不満は感じなかった。それよりも、とっくりと影御用の中味を聞くことが楽しみだ。

茶に口をつけた。

さすがに芳醇《ほうじゅん》な味わいだ。日頃、飲んでいる番茶とはまるで違う。同じ茶とは思えない味に深みがある。もっとも、美食とは程遠い暮らしゆえ、高級料理屋の看板と雰囲気に呑まれているのかもしれない。饅頭に手を伸ばした。餡《あん》は濃厚であるが、さりとて舌にしつこく残らない。茶の渋みと絶妙に合っていた。

程なくして、香のせいか、頭がぼうっとしてきた。激しい睡魔に包まれる。

「しまった」

茶だ。茶の中に眠り薬が盛られていたのだ。盛ったのは書付の主《ぬし》に違いない。

自分をどうする気だ。

危害を加える気なら、眠り薬ではなく、毒を使ったはずだ。

そんなことを考えながら意識が遠退《の》いた。

どれくらい経っただろうか、意識が戻った。

頭がぼうっとする。

目を開けた。真っ暗だ。真夜中まで寝てしまったのかと思っていると、目の周りが縛られていることに気付いた。布切れで目隠しをされている。

身を起こし、後頭部を手で探《さぐ》る。布切れを解《ほど》こうとしたところで、

「そのままじゃ」

という声に止められた。

相手が見えないだけに、地の底から響き渡るような、亡者の声とでもいうような薄気味の悪さを感じる。

身を動かしたところで、背中に鋭い物を感じた。刃物の切っ先だ。逆らったら、刺すと無言で告げている。

正体不明の連中の言いなりになるのは癪《しゃく》だが、それよりも、この連中の素性と影御用の中味の方が興味をそそる。

「わかった、話を承《うけたまわ》ろう」

「よかろう」

「いや、話の前にそなたらの素性を知りたい。もっとも、目隠しさせているということは、わたしに素性を知らせる気はないのだろうがな。ならば、どう呼べばよい。名がなくては、これからのやり取りがしづらいが」

源之助は言った。

「闇奉行《やみぶぎょう》とでも申しておこう」

「闇奉行……」

こいつはふざけているのかと内心で舌打ちしたが、ともかく話を聞こう。

「いかにも目の前は真っ暗だな。まあ、いいだろう。闇奉行がわたしに何をさせたい」

「悪党の成敗だ」

「闇奉行、そなたこそが悪党なのではないか」

鼻で笑うと、闇奉行はそれには応ずることなく話を続けた。

「この世には、罪を犯しながらも裁きを免《まぬが》れて、大手を振って生きておる連中がおる」

闇奉行が言った。

ぎくりとした。まさしく、弁天屋光右衛門のことである。闇奉行は源之助の心の内を見透かしたかのように、

「弁天屋光右衛門、実は大盗人空っ風の光蔵、北町の若い同心のしくじり、おっと、お主の気に障《さわ》ったか、なにせ、倅《せがれ》であるからな。ともかく、その若手同心の詰めの甘さによって、放免された。あんな悪党がお天道《てんと》さまの下、堂々と暮らすのだ。そんなことが許されていいはずはなかろう」

「むろん、わたしもそう思う。しかし、お裁きはお裁きだ」

源之助は言葉に力が籠《こも》らない。

源之助自身、光右衛門をむざむざと解き放ってしまった痛恨の念を抱いているからだ。

「いかにも、裁きは裁き、悪法なりとも法とも申す。しかし、裁きによって解き放たれた光右衛門、罪を償《つぐな》わないどころか、これからも罪を重ねる。今後も大勢の命と多額の金子《きんす》を奪うことだろう。法の網を潜り抜けたがために、光右衛門は悪事に向けて再び動き始めるということだ。それを許すことができるか」

闇奉行の声が不気味に響き渡る。

「許す、許さないは同心の役目ではない」

源之助は言い返す。

「本心ではなかろう。今の言葉、八丁堀同心としての建前を申したと受け止める。蔵間源之助は悪を許さない、筋を通す男であろう。そのために影御用を行っておるのではないか」

これ以上、自分の考えを聞かれるのは不愉快だし、早く用件に入りたい。

「影御用の用向きは何だ」

源之助はぶっきら棒に問いかけた。

「我ら、裁きを免れたり、法の網にかからぬ悪党に天罰を下すのだ。そなた、仲間に加わらぬか」

「断る」

即座に返した。

「むろん、ただではない。おおっと、お主が金で動くような男ではないということは承知しておる。よって、その方の善意により、悪党を成敗することを手助けせよ」

闇奉行は源之助が自分の同心であるかのような物言いをした。

「命令するのか」

「そうだ」

「受け入れなかったらどうする」

「まずは、我らの力を見せよう」

闇奉行はさらりと言ってのけた。

「どうするのだ」

「明日、わかる」

前方で衣擦《きぬず》れがした。闇奉行が立ったようだ。

「待て」

布切れを取ろうとしたところで、後頭部に打撃を食らった。

再び気を失った。

三

意識を取り戻した時には闇奉行の姿はなかった。目を覆う布切れを取り、奥座敷を出た。女中たちに闇奉行のことを尋ねても知らないという返事ばかりだった。

狐につままれたような心持ちだ。夢でも見たかと思いたいが、闇奉行とのやり取りは紛《まぎ》れもない現実であった。闇奉行は源之助を仲間に引き入れたがっていた。裁きや法の網をすり抜けた悪党を退治するなど、夢物語であり、実際にできることではない。とすれば、自分をからかったのか。だとすれば随分《ずいぶん》と手の込んだ悪戯《いたずら》だが、悪戯で片づけられない不気味さがあった。

闇奉行、何者であろう。

頭がくらくらなりながら八丁堀の自宅に戻った。玄関の式台《しきだい》に久恵《ひさえ》が三つ指をつく。連日の夜更けの帰宅であるにもかかわらず遅くなった理由を聞かない。それだけ、信用されているということだが、ありがたいとも物足りないとも思ったことはない。これが当たり前になっている。

今日は、いつにもまして源之助は口数が少ない。

闇奉行とのやり取り、闇奉行の薄気味の悪い声と不似合いな優雅な雰囲気が蘇《よみがえ》ってくる。相手の顔も素性もわからない。まるで闇の世界に棲《す》む男であった。

「お疲れのようでございますね」

久恵も気にかかったくらい、源之助の顔つきは釈然《しゃくぜん》としていないということか。

「まあ、ちょっとな」

いつもながら曖昧《あいまい》な返事をしたが、

「お休みになられますか」

気遣いを示しても、問いを重ねようとはしないのが、久恵らしい。

「そうだな……」

返事をしかけて、空腹であることに気付いた。考えてみれば妙なものである。料理屋に行ってきたというのに、何も食べずに出て来た。いや、眠り薬入りの茶と饅頭を飲食はしたのだが。

「腹が減った」

「あら、召し上がっていらしたのでは」

夜更けの帰宅に、久恵は源之助が食事は済ませてきたと思ったらしいが、逆らうことなく直ぐに支度をしますと、言って台所へと向かった。

それにしても、闇奉行とその一味、裁きや法の網を潜る悪党に天罰を下す、どこまでが本気なのであろうか。そして、その目的は果たして善意からの行いであろうか。闇奉行は善行を積む人間とは思えない恐ろしさを漂わせていた。

悪鬼とでもいうような……。

思い過ごしだろうか。いや、決してそうではない。闇奉行と称する男は、源之助の素性、来歴を調べ上げていた。そして、北町の御白州で弁天屋光右衛門が解き放たれたことも知っていた。それだけの情報を得る力があるということだ。その闇奉行が自分に仲間に加われと命じた。源之助の腕を買ってのことであろうが、それにしても、悪党成敗とは。

そして、闇奉行は自分たちの力を見せるとも言っていたが。

「お待たせしました」

久恵が夕餉《ゆうげ》の膳を運んで来た。

「すまんな」

源之助が返したところで久恵は戸惑いの表情を浮かべた。食膳を整えることに、詫《わ》びなど気遣いを示されるとは思っていなかったからだろう。源之助も思わず口をついて出た自分の言葉に戸惑い、

「あ、いや、こんな遅くにしたくをさせてな」

言葉を足した。

「こんなものしかございませんが」

久恵は冷えた飯と豆腐の味噌汁、里芋の煮付けしかないことを詫びた。

「いや、十分だ」

その言葉に偽りはない。

源之助は旺盛な食欲を示した。飯を三膳平らげ味噌汁のお替りもした。力がみなぎってくるようだ。

空腹を満たし、気疲れからすぐに眠ることができると思ったが、寝間で布団に入っても闇奉行のことが脳裏を去らず、何度も寝返りを打った。これでは、夢に出てくるなと思った。案の定、ようやくのことでうつらうつらすると夢に見た。もちろん、相手の顔は見えない。暗黒な空間に不気味な声だけが聞こえてくるのだった。

「黙れ！」

源之助は見えない敵に怒声を放ち続けた。

明くる十二日、源太郎は驚愕した。

上野黒門町《うえのくろもんちょう》の表通りで弁天屋光右衛門の亡骸《なきがら》が発見されたのだ。源太郎は岡っ引の歌舞伎《かぶき》の京次《きょうじ》と共に亡骸を検分した。

京次は、「歌舞伎の京次」の通称が示すように元は中村座《なかむらざ》で役者修業をしていたが、性質《たち》の悪い客と喧嘩沙汰を起こし、役者をやめた。源太郎の父源之助が取り調べに当たった。口達者で人当たりがよく、肝《きも》も据《す》わっている京次を気に入り岡っ引修業をさせ、今では、「歌舞伎の親分」と慕われ、一角《ひとかど》の十手《じって》持ちとなっている。

光右衛門の亡骸は首が切られ、白木《しらき》の台に乗せてあった。そして、立て札が掲げられ、光右衛門が大盗人空っ風の光蔵であると記してあり、町奉行所で罰しないために代わって天罰を下すと大書した後、闇奉行という署名が残されてある。

「死因は……」

京次は首のない亡骸を調べた。鳩尾《みぞおち》から左肩にかけて逆袈裟懸《けさがけ》に斬り上げられている。首は殺されてから切断されたようだ。傷口からして大刀によるもの、したがって下手人《げしゅにん》は侍ということだろう。

「ざまあみろと言いたいところですが、これはどうも、困った事件ですね」

京次はどう反応していいかわからないようだ。

「何者かはわからぬが、闇奉行とはふざけおって」

源太郎とても複雑な心境だ。本来なら、御白州で裁きを申し渡され、小塚《こづか》原《っぱら》か鈴《すず》ケ森《がもり》の刑場で首打たれるはずだったのだ。自分の詰めの甘さによって、天罰という名の下《もと》に私刑に処せられた。

ともかく、下手人を探索せねば。

「闇奉行なんて名乗っているところからしますと、下手人の意図は御奉行所への批判でしょうかね」

京次が勘繰《かんぐ》ったように、源太郎も光右衛門を処罰できなかった北町奉行所を批判しての殺しのような気がする。

「通常の殺しとして扱っていいんでしょうかね」

京次は迷っている。

「構わん、腹の内に思っていること、申してみよ」

源太郎が促すと京次は一息吐いてから、

「こいつは間違いなく、悪党でした。自分の女房を殺してまで、解き放ちを勝ち取った悪党ですよ。このまま、放っておいたら、必ず、押し込みをし、人を殺《あや》めたに違いありませんや。そう考えると……」

「この男は殺されても当然ということか」

「そうまでは言いませんが、いや、やっぱり、殺されて当然な下衆《げす》野郎ですよ」

京次は胸の内を正直に明かした。十手を持つ者が断じて考えてはならないことであり、京次もそのことをわかっているはずだが、源太郎相手になら本音《ほんね》を語っても理解すると信頼してくれたのだ。

「わたしも、京次と同じ思いだ。八丁堀同心失格なのだがな……。そして、下手人はわたしのことを批判しているのだとも思う」

源太郎は言った。

「あんまり、ご自分を責めちゃいけませんや」

「わたしがしっかりとしていれば、光右衛門はお上《かみ》の手で死罪にできたのだ。このように世間を騒がせることはなかった」

源太郎は益々《ますます》自分を責め立てた。

「ところで、光右衛門を殺した下手人、闇奉行って野郎、殺しはこれっきりですませるでしょうかね」

ふと、京次が疑問を呈した。

「まだ、続けるというのか」

「そんな気がしますよ」

京次は言った。

源太郎もそんな予感を抱いていた。

「殺しを続けるのなら、奉行所にとってはとんでもない敵となる」

まだ、不明なことばかりなのだが、闇奉行が殺しを続けるような気がしてならない。

「ともかく、聞き込みだ」

源太郎は気を奮《ふる》い立たせた。

「合点《がってん》だ」

京次も気持ちを切り替えるようにして走りだした。

聞き込みの成果は上がらなかった。亡骸が見つかったのは、早朝である。光右衛門は昨日、解き放たれてから自宅に戻った。自宅は既に、店の営業は終えていた。荷物をまとめ、今朝早くに店を出たようだ。振分行李《ふりわけこうり》を担ぎ、道中合羽《どうちゅうがっぱ》を身にまとい、手甲脚絆《てっこうきゃはん》を施していたことから、江戸を出ようとしていたようだ。すると、下手人は光右衛門の動きを摑んだ上に、狙いをつけていたということだ。天罰という口実にして、光右衛門への恨みを晴らしたということも考えられなくはない。

目下《もっか》のところ、早計な結論づけは避けるべきであろう。

源太郎は京次と今回の一件こそ、下手人を挙げるという考えの下《もと》に乱れなく当たらねばならないと思った。二人の間に齟齬《そご》が生じては、誤った方向に向かいそうな予感がするのだ。

「汚名返上だな」

源太郎は自分に言い聞かせた。京次が、

「小伝馬町の牢屋敷に差し入れをした女ですけどね、弁天屋の奉公女中ということだったんですが、そんな女中は弁天屋にいなかったんですよ」

予想できることであった。

いかにも手抜かりであった。女中は差し入れの際に、法外な礼金を小伝馬町の牢役人に渡したために、面談がかなったのだった。差し入れには、お香が好物であった今川焼きがあり、その中に毒が仕込まれてあったのだそうだ。

「その女の行方、追ってみますよ」

京次が言った。

おそらくは、光右衛門と繋がりを持っているには違いないだろうが、光右衛門が殺されたとあって、今頃は恐怖に身をすくめているのかもしれない。

「その女、追い詰められているだろう。闇奉行とか称する不逞《ふてい》の輩《やから》どもへの恐怖心、われら町方から追われる恐怖」

「自分のやったことの罪深さを思っているに違いねえですよ」

京次は言った。

「ともかく、小伝馬町の牢屋敷でもう少し、詳しく女のことを確かめるとしよう」

源太郎は言うと京次と共に小伝馬町の牢屋敷へと向かった。

道々、

「役人たちも後ろめたいのだろうな」

源太郎は言った。

「自分たちの失態を認めたくないでしょうからね」

女の行方を探さねば。

ところが、それは不可能になった。

昼過ぎ、大川に女の亡骸が浮かんだのだ。

両国橋の袂《たもと》に立て札が掲げられ、光右衛門に頼まれて光右衛門の女房お香を毒殺したという罪が記され、天罰を下す、闇奉行と署名されていた。

闇奉行、天罰という名の下《もと》に公然と動き始めた。

梅が馥郁《ふくいく》たる香りを漂わせ、桜間近《まぢか》の華やいだ空気が淀《よど》んでいくようだ。

四

三日が経った。

闇奉行は殺しを繰り返した。法の網を潜り抜け、御禁制の抜け荷を行っていると糾弾されて本町にある薬種問屋の主《あるじ》三人の首が晒《さら》された。

浅草風神雷神門《あさくさふうじんらいじんもん》前、両国《りょうごく》西広小路、上野不忍池《しのばずのいけ》の畔《ほとり》で……。

読売《よみうり》が連日事件を報じ、大きな騒ぎとなっている。闇奉行への恐怖心よりも、闇奉行の所業を天罰とみなして、歓迎する声が上がっていた。

十五日の朝、源之助は奉行所に出仕した。居眠り番で火鉢に当たろうか迷った。天窓より降り注ぐ春光が畳に陽だまりとなって心地良く、火鉢は使わないことにした。

光右衛門が殺され、あたかも獄門《ごくもん》のように晒《さら》し首にされた。その後も殺しは続き、下手人は闇奉行を名乗っているそうだ。まさしく、源之助を仲間に引き入れようとした者たちである。

胸の中がもやもやしていたところで、

「御免」

威勢のいい声が聞こえた。戸口を見ると、大柄な身体が立っている。南町奉行所矢《や》作兵庫助《はぎひょうごのすけ》である。矢作は源太郎の妻、美津《みつ》の兄でもあった。

「入れ」

源之助は中に入れた。矢作はのっしのっしと床を踏みしめながら歩いて来た。

「何時《いっ》もながら、暇だな、親父殿」

言いにくいこともずけずけ言いながら矢作は源之助の前に座った。

「いやあ、暑いな」

矢作は扇子《せんす》で自分の顔を扇いだ。まだ、梅の時節というのに、この男は年中暑がっている。闘志剝き出しの毎日がそうさせているのだろう。

「暇な人間を訪ねてくるおまえは何だ」

源之助は笑顔を返した。いかつい顔が歪んだが、それはいかつさを際立たせるだけであった。

「まあ、そう言うな。実はな、昨日の朝、南町の与力前原左近《まえはらさこん》兵衛《ひょうえ》さまが亡くなった」

「ああ、知っている、南町から連絡があったのでな。丁度《ちょうど》、名簿の修正をしていたところだ」

源之助は机の上に置かれた前原の名簿を捲《まく》った。

前原左近兵衛、明和《めいわ》四年（一七六七）生まれだから享年《きょうねん》五十一。死因は卒中《そっちゅう》と聞いている。家族は妻と子供が三人。一男、二女で、嫡男が後を継ぐことになるそうだ。

与力として諸色《しょしき》を統括していた。

「前原さまのこと、何かあるのか」

源之助の同心としての勘が疼《うず》いた。単なる病死ではないようだ。

「実はな」

矢作は右手で口を覆った。豪放磊落《らいらく》な矢作には不似合いな秘密めいた仕草である。

そして、まさしく秘密めかして語らねばならない内容であった。

「前原さまの亡骸は、鳩尾から左肩にかけて逆袈裟に斬り上げられた上に首を切断され、奉行所の門前に晒されていたのだ。もちろん、見つけ次第撤去したのだが、こうしたことは広まるものだ。下手人は闇奉行なんて奉行所を舐《な》めた名を名乗っていたんだ」

「首を切られていた……。闇奉行か……」

闇奉行め、連日の凶行とは実に大胆極まりない。

確か、光右衛門も鳩尾から左肩にかけて逆袈裟に斬られていた。逆袈裟とは、珍しい太刀筋と思っていたが、前原も同様となると、闇奉行の得意技ということか。逆袈裟で斬り上げたとなると、居合《いあい》を使うのかもしれない。

大刀を鞘《さや》に納めておいて、抜く手も見せず、一撃で仕留める。

闇奉行は居合の達人ということか。

萩月では、闇奉行の他にもう一人いた。手下なのだろう。手下は一人や二人ではあるまい。とすると、光右衛門や前原を斬ったのは闇奉行ではなく手下、おそらくは侍かもしれない。お香を毒殺した女は絞殺であったとか。その後に起きた薬種問屋三人は刺殺、扼殺《やくさつ》、撲殺《ぼくさつ》であった。

闇奉行が直接手を下そうと手下にやらせようと関係ない。要するに闇奉行が命じているのだ。

「立て札が掲げられていてな、前原さまが商人たちから、法外な賂《まいない》を受け取り、商人どもの便宜を図ったことを糾弾しておった。そして、最後に闇奉行の名があったのだ」

「闇奉行め……」

言葉通り、本格的に動き始めたということだ。

「闇奉行、弁天屋光右衛門に弁天屋の女中、それに薬種問屋殺しもある。いかにも不穏な連中が動きだしたものだ」

矢作は顔を歪めた。

「実はな、先だって、その闇奉行と思《おぼ》しき者たちから接触を受けた」

源之助は語った。

「ほう、親父殿が」

矢作は顎を掻いた。

「一体、何者であろうな。素性も気にかかるが、目的だ。法の網を潜り抜ける悪党、裁きを免れた悪党に天罰を与えるのだと言っていたが、果たして本音であろうかな」

「嘘に決まっているさ」

矢作は言下《げんか》に否定した。

「わたしもそう思う。声高《こわだか》に善行を叫ぶ者はえてして偽者だ」

「親父殿が申される通り。きっと、悪事を企てておる」

「では、なにゆえ、天罰を気取るのだろうな」

源之助が疑問を呈すると、

「きっと、大陰謀を企てておるのだ。その前の下地を作っているのさ」

「どのような下地だ」

「まずは、法の網の目を潜ってのうのうと生きている悪党を成敗する。物見高い江戸の庶民どもは喝采《かっさい》を送るだろう。つまり、闇奉行は町人どもから英傑として受け入れられることになる。闇奉行に賛同する者たちが出てくるように事を進めているのだ」

矢作の考えに源之助もうなずく。

それだけに、闇奉行への不気味な思いが胸を焦《こ》がした。

「親父殿、止めるなら今のうちだ。今止めなかったらとんでもないことになるぞ」

矢作という男、おおよそ物には動じることがないのだが、いつになく表情は険《けわ》しい。

それだけに危機感が伝わってくる。

「ならば」

源之助が思案をしたところで、

「親父殿、闇奉行は必ず、親父殿に連絡をしてくる」

「ならば、一つ、敵の懐に飛び込んでみるか」

「はなはだ危険だがな」

矢作は危ぶんだが、それくらいの覚悟がなければどうしようもない。

「ともかく、やってみるしかあるまい」

源之助は決意を示した。

「おれも、手伝う」

矢作は身を乗り出した。

「おまえは、日頃の御用に尽くせ。南町は前原さまの一件で大変なのではないのか」

「一応は病死として扱っているが、こうしたことはすぐ噂となって漏《も》れ、市井《しせい》に広がるからな。さすれば南町は大変な醜聞《しゅうぶん》に見舞われる」

「北町も他人事《ひとごと》ではあるまいよ。そのうちに何かが起きそうだ」

源之助も言った。

すると、引き戸が開き、小者が御奉行がお呼びでございますと告げた。

「わかった」

源之助は返事をして腰を上げた。矢作が、

「おいでなすったぞ」

と、言った。きっと、闇奉行に関わることに違いないとは矢作の見通しだが、源之助もそう思いつつ、立ち上がった。

「さて、おれも、まじめに御用をするか」

矢作は大きく伸びをしてから腰を上げた。


奉行の用部屋に入った。

北町奉行永田備後守正道《ながたびんごのかみまさみち》を上座に、年番方与力内村勘介《うちむらかんすけ》と見知らぬ若侍が一人座している。源之助は部屋に入ると、永田に挨拶をした。

「大儀じゃな」

永田が言うと源之助は無言で頭を下げた。内村が、

「こちら、小人目付笹森十四郎《こびとめつけささもりじゆうしろう》殿じゃ」

脇に控えた侍を紹介した。

小人目付は役高十五俵一人扶持、目付の下僚で、目付の命令で旗本の行状を探ったり、町奉行所、牢屋敷、勘定所、普請場、養生所などを見回る。目付が遠国《おんごく》に赴《おもむ》くに際しては随行した。また、将軍出御の際には、黒絽《くろろ》という黒絹の袷《あわせ》羽織を着用するため黒羽織と通称されている。

今日は将軍の御用ではないとあって、紺の袷を着流し、濃紺の羽織を重ねていた。

源之助は軽く頭を下げる。笹森は背筋をぴんと伸ばし挨拶をした。まだ、歳若く、

がっしりとした身体である。頬骨の張った精悍な顔立ちが有能さを感じさせる。むろん、武芸も極めているだろう。双眸《そうぼう》は力強く、触れれば火傷《やけど》しそうな迫力が感じられた。

「そなたも耳にしておろうが、闇奉行なる不逞の輩が、天罰と称して惨《むご》たらしい殺しを繰り返しておる」

内村が言った。

「存じております」

その闇奉行に仲間に加われと誘われていることはあえて黙っていた。

「いかにも我ら町奉行所を嘲笑《あざわら》うが如き所業である。とてものこと、見過ごしにはできない」

内村の言葉にうなずく。

「だからと申して、大っぴらに摘発に動いては、我らが闇奉行のことを殊更《ことさら》に意識しているように世間ではとらえる。まるで奉行所に落ち度があるかのように思われるじゃろう」

内村の言葉に奉行は表情を動かさない。内村は続けた。

「よって、表立っては、闇奉行などは相手にしないということだが、それでも闇奉行を野放しにはせぬ」

内村が言葉を区切ったところで源之助は笹森をちらっと見た。源之助の視線に気付いた内村が、

「蔵間、そなたと笹森殿で闇奉行の探索に当たってもらいたい」

「承知致しました」

源之助が笹森に向くと、

「蔵間殿、よしなに」

笹森は慇懃《いんぎん》に頭を下げた。

源之助も挨拶を返したところで、

「御公儀の中にも、闇奉行なる者の横暴が過ぎるのを警戒する方々がおられる。実はこたびの闇奉行摘発は、寺社奉行大河原播磨守《おおがわらはりまのかみ》さまのご発案である」

内村が言った。

大河原播磨守は切れ者と評判が高く、三年前に寺社奉行に就任するや、次々と不正を行う寺の摘発に辣腕を振るってきた。やくざ者に賭場《とば》を開帳させている寺を容赦なく取り締まっている。たとえ、檀家《だんか》に国持大名がいようが、老中がいようが手心《てごころ》を加えることなく取り締まり、庶民からは大河原さまが老中になれば正しき政《まつりごと》が行わ

れると評判されていた。

そんな大河原だけに、闇奉行を許すことができず、自らの責任において摘発に乗り出したという次第だ。

笹森が、

「拙者、法あっての世の中だと思っております。秩序が保たれぬようでは、この世は戦国の世へと逆戻りしてしまう。秩序を乱す輩は、誰であれ謀反人《むほんにん》であります」

戦国の世を否定しながらも、笹森自身は戦場を颯爽《さっそう》と疾駆《しっく》する若武者のような気概に満ち溢れていた。

「両名の者に、寺社奉行大河原播磨守さまより、闇奉行探索の特命が与えられたわけじゃ」

内村が言った。

寺社奉行の命令とは、思いもかけない影御用というわけだ。

笹森十四郎、この使命に燃えている。

「よって、蔵間、奉行所の役目はするに及ばず。必要に応じてわしに報告せよ」

内村が言うと、奉行も、

「期待しておるぞ」

と、言葉を添えた。

源之助と笹森は両手をついた。

「ならば、これにて」

笹森は立ち上がった。

「では、早速《さっそく》」

源之助も立つ。

五

浅草誓願寺界隈《せいがんじかいわい》、うらびれた町並みが続く。日当たりは悪く、この一帯ばかりは年中冬のような薄ら寒さに包まれている。すさんだ空気が流れ、往来には昼の日中、酔い潰れている者が横たわり、道行く者も誰も咎《とが》めようとはしない。

そんな往来に面した一膳飯屋に、一人の浪人がふらりと現れた。別に浪人は珍しくはないが、店の客たちは特別の視線を向けた。

浪人は六尺を越える背丈、顔中を髭《ひげ》が覆い、肩幅が広い。真っ黒な袷《あわせ》の上からも胸板の厚さを窺わせ、背中には長寸の青龍刀《せいりゅうとう》を負っていた。異様な容貌を見ていた客たちは、浪人ににらみ返されるとたちまちそっぽを向き、声を潜めた。

無言の威圧を放ちつつ浪人は店の中の奥に巣食う、数人のやくざ者に向かって歩いて行く。酒を飲み、うだを上げていたやくざ者たちの視線が浪人を向く。

浪人はいきなり真ん中の男の胸ぐらをつかみ、

「山猫の仁吉《にきち》はどこだ」

やくざ者たちが立ち上がる。胸ぐらをつかまれた男が、

「何しやがるんだ、この三一《さんぴん》野郎」

浪人は胸ぐらを摑んだまま男を持ち上げ、

「もう一度だけ訊く。仁吉はどこだ」

「し、知るか」

男は怒鳴り返した。

浪人は男の顔面に自分の額を打ちつけた。鼻が砕かれる鈍い音がし、男の悲鳴が重なる。血まみれになった顔で、「何しやがる」と喚《わめ》いていたが、浪人は容赦なく、二度、三度と続け様に頭突きを見舞った。男は声を漏らすこともできず、ぐったりとなった。

「野郎」

残った者たちが浪人を取り巻く。

浪人は身動《みじろ》ぎ一つせずに、

「山猫の仁吉はどこだ」

と、見回した。

「うるせえ」

一人が殴りかかってきた。

浪人は突き出された拳を左の掌《てのひら》で掴む。身体同様に巨大な掌がやくざ者の拳を掴んでいた。男の顔が歪む。

「離せ、離しやがれ」

男の額には脂汗《あぶらあせ》が浮かんだ。浪人は眉一つ動かすことなく左手に力を込めた。男は苦痛の顔で爪先立ちになった。程なくして、骨が砕かれる音がした。男は膝から崩れる。やくざ者たちは血走った顔をしていたが、誰からともなく匕首《あいくち》を抜いた。

浪人は巨体に似合わない俊敏さで右足を突き出した。右から飛び込んで来た男の顔面を足の裏が直撃した。相手は吹き飛んだ。

次の瞬間には、背負っていた青龍刀を抜き放つ。抜き様、横に一閃《いっせん》させる。やくざ者三人の両手首が転がった。うめき声で店内は騒然となる。

一人は腰を抜かしてわなわなと唇を震わせた。

浪人は青龍刀を鞘に戻すと男の前に立った。

「仁吉はどこだ」

すると男は、

「親分は賭場です」

怯えきり、歯がかちかちと鳴っていた。

「どこだ」

「この先の閻魔堂《えんまどう》です」

男は声を震わせながら答えた。

「最初から素直に答えればよかっただろうにな」

浪人は男の顔面を蹴り上げた。男の首が刎《は》ねるように後ろに向き、ぐったりとなった。

浪人は出がけに、一分金《いちぶきん》二枚を亭主に向かって放り投げた。

「迷惑賃だ」

亭主はおずおずと、

「お侍さま、お名前は」

金を両手で押し頂きながら尋ねた。

男は振り返りにやっと笑った。

「東雲《しののめ》龍之介《りゅうのすけ》と申す」

「東雲龍之介さま、ひょっとして、青龍の旦那、ですか」

「そう、呼んでおる者もおるようだな」

東雲は言った。

東雲龍之介、近頃、江戸の暗黒社会では評判の男だ。いわゆる賞金稼ぎという男で、関八州《かんはっしゅう》でお尋ね者となった者たちで賞金がかかっている者を捕らえたり、成敗したりしている。龍之介という名と、青龍刀を駆使することから青龍の旦那と恐れられている。

東雲は、この界隈に逃げ込んだという、盗人山猫の仁吉の行方を追っていた。仁吉の首には五十両の金がかかっている。生きて捕縛し、関東代官、郡代《ぐんだい》屋敷に引き立てれば五十両、命を奪えば三十両だった。

東雲は仁吉がいるという閻魔堂にやって来た。

雑草が生い茂る、庭とは呼べない荒地に建つみすぼらしい閻魔堂は、食い詰めた連中が今晩の酒代にありつこうというささやかな欲望のたまり場となっているようだ。

近づくと、博打《ばくち》の結果に一喜一憂する声やら、怒声、嬌声が重なり、いかにも場末の賭場という気がした。

東雲は観音扉を開け、雪駄《せった》履きのまま中に足を踏み入れた。帳場を預かるやくざ者が、

「お侍、履物は脱いでくだせえや」

険を含んだ目を向けてくる。

「履物を脱いだら、おれの足が汚れる」

東雲は吐き捨てるように言うと賭場に入って行った。閻魔大王の木像の前で盆茣蓙《ぼんござ》が敷かれ、男たちが回りを囲んでいる。酒を飲んでいる者たちも珍しくはなく、みな、着物をだらしなく着崩してあぐらをかいていた。

「ちょっと、お侍」

帳場のやくざ者が追いかけて来た。

「うるさい」

東雲は右肘でやくざ者の顎を砕いた。やくざ者がのた打ち回る。賭場の連中も東雲を見た。みなの視線を無視し、閻魔大王の前に座る男に向かう。盆茣蓙に置かれた駒を蹴散らしながら男の前に立つ。

「仁吉だな」

「だったら、なんだ」

仁吉は東雲を睨み上げた。東雲は仁吉の髷《まげ》を掴み、立たせた。堂内は騒然となった。

「怪我したくなかったら、道を空けろ。用があるのはこいつだけだ」

東雲は仁吉の髷を掴んだまま引き立てた。博徒たちがその前を塞いだ。仁吉の髷を持ったまま博徒たちに投げた。仁吉が三人とぶつかる。

間髪《かんはつ》容れず盆茣蓙にしてある畳を持ち上げ、左右に振り回した。博徒たちがなぎ倒される。それでも、博徒たちには面子《メンツ》があるのだろう。数人がかりで、東雲に襲いかかってきた。東雲は素早く、閻魔大王の背後に廻るや、足で思いきり蹴飛ばした。

閻魔大王が博徒たちに倒れた。

数人の博徒が押し潰された。

東雲は木像の上を歩き、仁吉に向かう。仁吉は怯えながら、博徒の群れの中に逃げ込んだ。

「渡せ。じゃなかったら、おまえらも、刀の錆《さび》にしてやるぞ」

東雲は青龍刀を抜き放った。

続いて、堂内に鎮座する仏像の首を刎《は》ねた。床に転がる仏の首を見て怖気《おじけ》づき、仁吉を東雲の方に突き出した。仁吉は怯えながら東雲の前に立つ。

「勘弁だ、なあ、頼む」

仁吉は両手を合わせ、哀願した。

「頼む相手が違うぞ。頼むなら、郡代や代官にするんだな」

東雲が笑うと、

「頼む。隠し金があるんだ。やる。おれの首は五十両だろう。倍の百両、出そうじゃないか」

仁吉はへつらうような上目遣いとなった。

「断る。おれは、賞金稼ぎだ。賞金首になった者から金を貰ったとあっては、名折れだ」

「黙ってりゃ、わかりゃしねえよ」

仁吉は再び懇願した。

東雲は、

「そうまでして、助かりたいか」

「ああ、頼む。一生、恩に着る。百両、間違いなく払うぜ」

仁吉は満面の笑みとなった。が、右手は尻に廻っていた。帯の腰に匕首がある。それをそっと引き抜く。

　東雲の懐に飛び込むや、

「くたばりやがれ」

　狡猾《こうかつ》にも下から突き上げた。

　匕首の切っ先が東雲の胴へと突きたてられた。

　博徒たちが息を呑んだ。

　が、

「痛え」

　と、苦痛に顔を歪めたのは仁吉であった。

　仁吉は匕首を落とし、右の手首をふらふらと振っている。

「悪いな」

　東雲は着物の前をはだけた。

　首から鉛の板を吊っていた。次いで仁吉の右手を捻《ひね》り上げ、

「じたばたするな。すると、おまえの値打ちは三十両になってしまうぞ」

　東雲の言葉の意味がわかったようで仁吉は首をすくめた。代官所に突き出されたなら、死罪は間違いないのだが、やはり、目の前の命が惜しいのだろう。

「おまえらも、退《の》け」

東雲は賭場にも迷惑料だと一両を置いて賭場から出て行く。

「すげえぜ」

「あれが、青龍の旦那か」

などという賞賛と驚き、それを上回る恐怖の声が聞こえた。東雲は特別に心を動かされることもなく閻魔堂を横切る。

「さて、次の賞金首は」

早くも、次の獲物に狙いを定めた。

六

東雲は上野池之端《いけのはた》の岡場所にいた。

二階の座敷で機嫌よく飲食をしている。

「もっと、酒だ、どんどん持って来い」

上機嫌で声を上げる。

店も散財をしてくれる東雲に精一杯の奉仕をしているようだ。賞金を稼ぐと、東雲は決まって豪遊する。束の間の平穏を楽しむということもあるが、自分の人生を思ってのことだ。賞金稼ぎなどという、仕事、いつまでもやるものではないとはわかっている。やめられない。いつまでも、生きながらえられるとは思っていない。何時《いつ》の日にか、無惨な骸《むくろ》と成り果てることだろう。

常に死と向かい合っているのだ。

せめて、生きている喜びを味わいたい。しかも、あとくされなくだ。

東雲は数人の女郎を侍《はべ》らせ、上等な酒をがぶがぶと飲んだ。

「さあ、飲め」

東雲は心地良く酔った。大勢のやくざ者を叩きのめし、仁吉を捕まえた。まだわが手には、やくざ者たちを成敗した感触がありありと残っている。

ひとしきり騒いだあと、布団に寝そべった。女たちと夜伽《よとぎ》をする前に按摩を呼んだ。

布団に寝そべっていると按摩がやって来た。

「こんばんは、政之市《まさのいち》でございます」

政之市は言った。

「頼むぞ」

「今日は、どこがお疲れでございますか」

「肩だが、まあ、身体中が疲れておる」

東雲は言うと、うつ伏せになった。政之市は失礼しますとまずは、肩を揉みにかかった。

「お侍さま、相当に凝っておられますね。おやおや、ずいぶんとご立派な身体をなさっておられますな」

政之市は言った。

「今日は少々、無理をしたのでな」

「さようでございますか。なにか、武芸でもなさいましたか」

「そんなところだ」

「お強いのでしょうね」

「大したことはない」

政之市の揉み具合はいい塩梅《あんばい》で、酒の酔いも手伝って心地よいまどろみに包まれた。

「謙遜なさらなくとも、よろしいですよ。あっと言う間に数十人のやくざ者をやっつけてしまわれたのですからね」

政之市の口調が暗く濁った。東雲は政之市の腕を摑むと上半身を起こした。

「痛い、やめてください。東雲龍之介さま」

「貴様……」

東雲は政之市の腕を解き、睨み据えた。政之市は正座をして、

「それとも、青龍の旦那とお呼びしましょうか」

「按摩、おまえ、何者だ」

「ただの按摩でございます」

「ただの按摩がおれの素行を嗅ぎまわっているのか」

「はい」

政之市はぬけぬけと答える。東雲が問い詰めようとしたところで、

「東雲さま、東雲さまにお会いしたいお方がおられるのです。お引き合わせしますので、お会いください」

「断ったら」

「あなたさまは、お断りにはならないと思います」

政之市はいかにもわけありな物言いをした。その言葉と政之市という按摩、そして政之市を使う者に興味を覚えた。

「よかろう。どこにおる」

「あたしが、ご案内します」

政之市は腰を上げた。


連れて行かれたのは、同じ岡場所の一階にある奥座敷であった。

「では、あたしはこれで」

政之市は廊下を歩き去った。

東雲は足で襖を開けた。

行灯《あんどん》の淡い光に薄っすらと人の影が浮かんでいる。男だ。男は頭巾《ずきん》を被っていた。両目は閉じられている。どうやら盲人のようだ。服装は異常に豪華である。錦の袈裟をまとい、香が焚き込めてあった。

「東雲龍之介だな」

「あんたは誰だ。お見かけしたところ、盲人、しかも、相当に身分ある盲人、さしずめ、検校《けんぎょう》か」

「いかにも、わしは、三好《みよし》検校と申す。目下、闇奉行として知られておるな」

三好検校の声はしわがれていた。

検校は盲人の最高位である。幕府は鍼灸《しんきゅう》、音曲《おんぎょく》、導引きを生業《なりわい》とする盲人が当道《とうどう》座《ざ》に入ることを推進しており、当道座を支配するのが総録《そうろく》検校と総検校である。総禄検校は京都《きょうと》に置かれ、総検校は総禄検校の次の地位で江戸にいた。当道座に属していない盲人たちも、名前と住まいを総禄検校、総検校に届けることが義務づけられている。

目下《もっか》、総検校所は本所《ほんじょ》にあるが、総検校が病がちであることから、神田《かんだ》に屋敷を構える三好検校が総検校の役目を代行している。屋敷内に鍼治治療の教育と免許発行を行う鍼治学校所を持ち、幕府との折衝も行う。

すなわち、三好検校は関八州における盲人たちの頂点に立つ男であった。

「ほほう、あんたが闇奉行か。事実上の総検校さまが闇奉行とはな……。闇の世界を支配するおつもりのようだ。で、闇奉行さまが賞金稼ぎの浪人に何の用だ」

「おまえの腕を見込み、最高の賞金稼ぎをさせてやろうというのじゃ」

三好検校は薄気味の悪い笑い声を上げた。

「つまり、おまえたちの手先になれということか」

「察しがいいな。悪い話ではあるまい。おまえの行いはわしの願いと合致する点が多々ある。おまえは、賞金首、すなわち、悪党どもを成敗しておるじゃろう」

「しているさ。だがな、おれが成敗するのは、公儀から追っ手がかかっておる悪党だ」

「追っ手がかかろうとなんであろうと、悪党は悪党じゃ」

「闇奉行が殺すのは、お裁きを免れた者であろう」

「それでも悪党は悪党。いや、むしろ、わしが成敗する悪党の方が性質《たち》が悪い。お裁きを免れたことで、自分たちは正しいのだと勘違いしておるからな」

三好検校は淡々と言った。

「なるほど、理屈だな」

「そういうことじゃ。裁きを免れても悪党であることに変わりはない。成敗して当然じゃ」

「おれもその考えに反対はしない。悪党どもをのさばらせることは許せぬ」

「ならば、わしらの仲間に加われ。賞金ならわしが出そう。悪党にもよるが、一つの仕事で百両は出す」

「百両か。そいつは凄い。さぞや、命の洗濯ができるというものだな」

「そうじゃ」

三好検校の薄気味悪い笑い声が響き渡る。

「非常に心惹《ひ》かれるのだが、断る」

東雲は右手を横に振った。

「どうしてだ」

三好検校は理解できないとばかりに両手を広げた。

「おれは、これまで一人で仕事をしてきた」

「悪党成敗はおまえ一人でやればいい」

「言葉が足りなかったようだな。仕事だけじゃなく、おれは誰ともしがらみを作りたくはない。どんな組にも入りたくはないのだ」

「なるほど、一匹狼というわけか」

「誰にも飼われはせんということだ」

「益々、気に入った」

三好検校の声が明るくなった。

「あんた、どうして、闇奉行などやっておるのだ。申しておくが、世直しなどという御託《ごたく》を並べるのはやめてくれよ」

「世直しには違いない。この世から悪党がいなくなれば、ましな世になるだろう」

「そんなこと本気で考えているのか、検校さまともあろうお方が。この世に、悪党の種が尽きることなどないことはわかっておられよう。人が生きている限りそこには悪がはびこるものだ。食い物に蝿《はえ》がたかるようにな。手で追い払っても、一時《いっとき》いなくなるだけで、またたかる」

東雲は言った。

「いかにも、その通りだな」

「わかっていて、そんな無謀なことを本気でやろうとしておるのか」

「そういうことだ。わしは、夢見ることが好きでな。ともかく、わしの仲間に加われ。思うさま、悪党退治ができる。世の中の者たちから感謝されるぞ」

「感謝などいらん」

東雲は己が意志を示すように強い口調で返す。

「そうか」

三好検校は笑った。

「それより、あんた、お上《かみ》に捕まらないのか。いくら、悪党といえど、お裁きを免れた者を誰の許しも得ないで勝手に殺していいものではあるまい」

「心配してくれるのか」

「心配などせん。ただ、どうしてお上の手がかからないのかと疑問に感じたまでだ。検校だからか。それとも、あんたが闇奉行だとは感づかれていないからか」

「さてな。お上の中には闇奉行に喝采を送る者もいるということだろう」

「ともかく、あんたも精々、悪党退治にいそしんでくれ。おれはおれで、本分を尽くす」

「申しておく。おまえは、やがて、わしの仲間に加わる」

「ほう、闇奉行さまは占いまでやるのか」

「わしの占いは当たるぞ」

「ならば、さし当たって占ってくれ」

「なんじゃ」

「明日の天気だ」

「明日は昼までは、いい天気なのだがな、やがて、分厚い雲が空を覆い、夕刻から雨が降り始める。夜が更けるほど降りは強くなる」

三好検校の物言いは確信に満ちている。

「参考にさせてもらう」

東雲は座を掃《はら》った。

# 第二章　賞金稼ぎ

## 一

　十五日の昼下がり、早速源之助と笹森は共に闇奉行摘発に向け動き始めた。笹森が闇奉行から狙われるであろう法の裁きを受けない悪党を数名、見当《けんとう》をつけたという。まずは居眠り番で打ち合わせをすることにした。

「居心地よきところではござらんが、どうぞ、お入りくだされ」

　源之助がお愛想のつもりで言うと、

「役目中ゆえ、居心地など関係ござらん」

　笹森は四角四面に返した。外見同様、いかにも融通の利かなそうな男である。源之助は笑顔を引きつらせながら畳に座った。源之助が勧める前に、

「茶なども無用」

笹森は制して小机に紙を広げた。

「法の網を免れてのさばっておる者でござる」

笹森が言った。

そこには悪党の名前と職、住まいが記され、行ってきた悪事が記してあった。

博徒が二人、商人が三人、盗人が二人である。さすがに盗人の住まいは記されていない。博徒は賭博行為を糾弾しているのではなく、手下に人殺しをさせ、自分は罪を免れている者、商人はいずれも抜け荷で私服を肥やしている薬種問屋、唐物屋《からものや》だった。

「このうち、博徒どもは手下に身を守らせております。盗人どもはいずれ捕縛される日を待つとして、闇奉行が狙うのは商人どもであろうと愚考致します」

笹森の物言いは堅苦しいが、考えには源之助も賛同した。笹森は特に表情を動かすことなくうなずいた。そして、

「この商人のうち、今、最も怯《おび》えているのは、この者でござろう」

と、一人の商人を指差した。

日本橋通一丁目、まさしく江戸の一等地に店を構える唐物屋の天竺屋富三郎《てんじくやとみさぶろう》である。

唐物屋は、清国《しんこく》や阿蘭陀《オランダ》国渡来の品々を商っている。いかにも抜け荷をしていそうだ

が、富三郎以外の二人はいずれも薬種問屋、笹森が特別に天竺屋富三郎に注目するのはどうしてであろうといぶかしむと、

「天竺屋富三郎、先頃、闇奉行に殺された南町の与力前原左近兵衛殿との繋がりが強かったのでござる。前原殿に天罰を下しておることから、闇奉行の狙いは天竺屋富三郎で間違いなし、と愚考致す」

笹森は、「愚考」という言葉とは裏腹に自信たっぷりに断じた。

「なるほど」

予《あらかじ》め笹森は念入りに調べてきたようだ。あてもなく、江戸市中を見回るよりは、何か拠《よ》り所を持って事に当たった方がいい。笹森の周到さに舌を巻くと共に、自分の準備不足を恥じた。

笹森の視線が痛い。笹森にその気はないのかもしれないが、源之助を責めているようだ。八丁堀同心として恥ずかしくはないのか。笹森のネタにおんぶに抱っこでいいのか、と自分を責める。

弁天屋光右衛門の一件、北町奉行所の落ち度と幕閣は捉えている。闇奉行探索は北町奉行所の汚名返上の役目でもあるのだ。

となると、笹森十四郎任せでは駄目だ。こちらも、ネタを提供しなければ。

そうだ。

自分にはとっておきのネタがある。

「笹森殿、わたし、実は闇奉行らしき男と会ったのでござる」

源之助が言うと笹森の目が凝らされた。唇をへの字に引き結び、話の続きを促す。

「弁天屋光右衛門が殺された前日、すなわち十一日の夕暮れ、闇奉行より日本橋本石町の料理屋萩月に呼び出されたのでござる」

源之助は闇奉行と名乗る男と会った経緯を語った。

「布切れで目隠しされておりましたので、容貌はわかりませんでしたが、奴の話は法の網、裁きを逃れた悪党を成敗するというもので、まさしくそれを実行しております」

「闇奉行が蔵間殿を呼んだ理由は何でしょうな」

「本意はわかりませんが、仲間に加われと誘われました。おそらくは、わたしが八丁堀同心として、法の網や裁きを潜り抜けた悪党を許せないと踏んだのではと愚考致す」

笹森を真似て、「愚考」という言葉を使ったが笹森は気にもかけず、

「蔵間殿は凄腕の同心、闇奉行が味方に引き入れたいと考えるのも当然でしょうか

な」

　笹森に他意はないのかもしれないが、皮肉と受け止めてしまう。あの時、闇奉行を捕らえていればという後悔の念が湧き上がってきた。

「萩月にはもう一度、当たってみるとしまして、まずは天竺屋にまいりましょう」

　笹森は冷静に言った。

「天竺屋に行ってどうする所存でござるか」

　源之助の問いかけに、

「富三郎に囮《おとり》になってもらいます」

　笹森は事もなげに言ったが、

「富三郎、果たして承知しましょうかな」

　源之助は危ぶんだ。

「承知させるまででござる」

　笹森は結論が出たとばかりに腰を上げた。

　源之助と笹森は日本橋通一丁目の表通りにある天竺屋へとやって来た。

　幅広い道の両側を大店が軒を連ねている。春光を受け、銀色の輝きを放つ屋根瓦が続くさまは巨大な魚の鱗《うろこ》のようだ。往来には、大勢の男女が行き交い、呉服や小間物、海苔《のり》を扱う店先には黒山の人だかりができていた。

てっきり、店の品々を求めての人垣と思ったが、彼らが欲しているのは読売《よみうり》だった。目下、町人たちの耳目《じもく》を集める記事といえば闇奉行かと、源之助も買い求めた。案の定、闇奉行に関する話題だった。闇奉行摘発に寺社奉行大河原播磨守が乗り出したことが記してある。

読売は大河原と闇奉行の対決を面白おかしく書き立てているものの、闇奉行の所業にも一理あることを記し、大河原が政《まつりごと》を担えば、裁きや法の網を逃れる悪党などはいなくなると、最後は大河原待望の論調で締めくくられていた。

「大河原さま、大変な評判ですな。それに、闇奉行の所業も悪事とは見なしておりませぬ。読売によっては義賊扱いです」

源之助は読売を笹森に渡した。笹森は、

「らちもない。読売なんぞ、無責任な野次馬が読むもの」

と、一瞥《いちべつ》もせずに破り捨て歩きだした。

源之助は肩をそびやかせてついて行った。

天竺屋は通常通り営業が行われている。

店内には、清国や阿蘭陀国渡りの机、椅子、青磁の壺、ギヤマン細工の酒器が並べられていた。物珍しい品々が溢れる店内にあって派手な色彩の孔雀《くじゃく》の羽根や豹《ひょう》の毛皮がひときわ目を引いた。いずれも高価な品々とあって、店内には大店の商人風の男やら武士、僧侶などの姿ばかりだ。

聞くともなく耳に入る彼らのやり取りによると、天竺屋はその屋号通り天竺からもたらされたインド更紗《さらさ》を元に生み出された江戸更紗が名物だそうだ。

笹森が手代に富三郎を呼び出す。

手代の案内で通り土間を奥へと入って行った。店の裏手にある客間へと通された。清国や阿蘭陀国渡来の珍しい装飾品で飾り立てられている、それこそ江戸更紗の敷物が敷かれ、唐机や椅子が並べられていることを想像していたが、意外なほどに質素な座敷である。六畳間を飾るのは、床の間の掛け軸だけだ。掛け軸にしても、特別由緒のある名物ではないようだ。

すぐにやって来た富三郎も、木綿の袷に前掛けというなりとあって、精々番頭にしか見えない。元々の姿なのか、頼りにしていた与力前原左近兵衛が殺されたから、質素を装っているのかはわからないが、その怯えた目つきは警戒心に満ちていた。

「本日、いらしたのは闇奉行の件でございますね」

問いかけてきた様子は怯えの中にも期待が混じっている。

「いかにも」

笹森はうなずく。富三郎は愚痴《ぐち》を並べた。

「御奉行所にお助けを求めておるのですが、取り合ってくださらないのです」

「それはそうだろう」

笹森は突っ放した。

「そんな……」

富三郎は顔を歪めた。

「当たり前ではないか。奉行所がそなたを保護するということは、前原殿の不正を認めることになるからな。とんだ藪蛇《やぶへび》だ」

笹森は淡々と述べた。

すると富三郎は、

「お上は勝手でございます。手前どもがお気遣いをして、お礼を差し上げたのは前原さまでしたが、前原さまから受け取られた方々もおられましょうに、全ては前原さまのせいにして」

と、ふて腐れたように言う。

「その辺にしておけ。我らが守ってやる」

笹森は言った。

富三郎は首をすくめてうなずいた。

「ところで、そなた、近頃はどうしておるのだ」

「それはもう、おとなしくしております。まず、日が落ちてからは、出かけません」

「出かけよ」

笹森が無愛想に言葉を投げた。

「そ、それはできませんよ」

富三郎はかぶりを振る。

「安心せよ。我らがついておる」

笹森は源之助を見た。

源之助もうなずいた。

「お二人でございますか」

富三郎はいかにも不安そうだ。

「二人で十分だ」

笹森は当然のように答える。

「もし、闇奉行に襲われたらどうするのですか。相手は何人なのかわかりません。奉行を名乗るからには、ひょっとして、北と南の御奉行所並の手下を抱えておるかもしれませんぞ」

「闇奉行がどれくらいの手下を抱えておろうと、江戸の町で目立つような大人数を繰り出すはずはない。そなたを餌《えさ》に闇奉行を釣る我らの企てに従うのだ。こっちが大勢で仰々《ぎょうぎょう》しくそなたのことを警護などしたら、闇奉行の方も警戒する」

「わたしは餌でございますか……」

富三郎は怯えるように首をすくめた。無理もない。自分の命がかかっているのである。

「そなたは囮になればよいのじゃ。つべこべ申すな。これまで、甘い汁を吸ってきたのだろう。少しは世の中の役に立て！」

笹森は次第に激してきた。役目熱心なのか、元来が激情家なのか、それとも若さゆえか、笹森の高圧的な物言いに富三郎は萎縮してしまった。

「よいな」

笹森が釘を刺すように畳み込んだ。富三郎はうなだれた。

「我らを信じてくれ。それにな、闇奉行が捕らえられないままでは、そなたとて枕を高くして眠ることができまい。闇奉行を捕縛するために、手助けをしてくれ」

源之助が言葉を添えた。できる限り柔和な顔を作ったつもりだが、いかつい顔が際立っただけかもしれない。

ともかく、

「はあ……」

富三郎は不承不承ながら承知した。

「ならば、早速出かけよ」

笹森が言うと、

「ですが、どこへ行けばよろしいのですか」

富三郎は戸惑った。

「日が落ちてから出かけよ。となると、料理屋にでも行けばよいではないか。おまえのことだ。贔屓《ひいき》にしておる料理屋の一軒や二軒はあるだろう」

「なくはないですが」

富三郎が思案をしたところで、源之助はふと、

「日本橋の萩月はどうだ」

と、言った。

萩月ならば闇奉行も利用しているから思いついたのだが、そこに深い理由があるわけではない。

「萩月でございますか」

富三郎ははっとした。

「利用したことはないか」

「いいえ、ございます」

富三郎の口調は歯切れが悪くなった。

「どうしたのだ」

引っかかるものがある。

「いえ、その、よく、前原さまと時折、食事をしたことがございますので」

富三郎にとっては因縁浅からぬ料理屋ということだ。

「ともかく、萩月にまいるぞ。日時が決まったら連絡せよ。連絡は北町奉行所の蔵間殿にな」

笹森はきつく命じた。

「承知しました」

富三郎も覚悟を決めたようだ。

二人は天竺屋を出た。

「闇奉行が誘いに乗ってくれればよいのですがな」

「今は、しくじることは考えずにおきましょう」

笹森はあくまで前向きだ。

いや、それだけ一生懸命なのだろう。

役目に身を入れていないようでは職務怠慢というものである。源之助は笹森の隙のない横顔を見ながらふと思った。

笹森十四郎、手柄を立て、出世を望むのか。それとも正義感が殊更《ことさら》に強いのだろうか。

源之助は笹森という男に大いなる興味を抱いた。

## 二

明くる十六日の夕刻、笹森十四郎は神田三河町《みかわちょう》にある縄暖簾で東雲龍之助と会っていた。入れ込みの座敷で向き合い酒を酌み交わす。

「相変わらずのようだな」

笹森は言った。

「お主もな」

東雲も返す。

しばらく酒を酌み交わしたあとに、

「先だって、浅草で大暴れしたようだな」

笹森が笑みを投げると、

「大暴れとまでは申せぬ。もう少し、骨のある奴だと思っていたのだがな」

東雲は物足りなさそうに舌打ちをした。それからおもむろに、

「おまえはどうなのだ。退屈な役目ばかりではないのか」

「おれは、自分に与えられた役目を忠実に行うだけだ」

「おまえらしいな」

東雲が苦笑を漏らしたところで笹森は猪口を置いた。笹森の様子が微妙に変化していることに東雲は気付いた。無言で笹森に問いかける。笹森がおもむろに、

「今、江戸を騒がせておる闇奉行なる者、お主はいかに思う」

東雲は苦笑を漏らし、

「なんだ、闇奉行のことか」

「何がおかしい」

笹森はむっとした。

「いや、おまえがあまりに大まじめなんでな。久しぶりに酒を飲みたいと言うものだから、何かと思ったら闇奉行のことかとおかしみを覚えたのだ」

「闇奉行、いかにも、怪しげであるだけではなく、御公儀に謀反する輩じゃ」

笹森は言った。

「法や裁きを無視した悪党成敗は、御公儀への謀反ということか」

東雲は返す。

「いかにも、その通りだ。断じて許すことはできぬ……。が」

笹森は言葉を区切った。

東雲は黙って笹森の言葉を待った。

「闇奉行、市井の者どもに評判がよい」

「当たり前だろう。むざむざと野放しにされた悪党を退治しておるのだ。庶民は溜《りゅう》飲《いん》を下げるはずだ」

東雲の言葉を受け、笹森は話を続ける。

「つまり、闇奉行にも理があると町人どもは受け止めているということだ。闇奉行が悪党成敗を続ければ町奉行所ばかりか、御公儀の政《まつりごと》に対する批難の声も高まろう。お主はどう思う、闇奉行のこと」

笹森の問いかけに、

「どうも思わん。おれは、賞金首を狙うだけだ……。こんな答えでは、答えになっておらんな」

と、前置きしてから闇奉行から誘われたことを語った。笹森は目をむいていたが、

「で、どうした」

「断ったに決まっているだろう」

「そうか……。やはり、そなたも元は小人目付、御公儀に背《そむ》く者、秩序を乱す者などを許すことはできぬということだな」

笹森の決めつけを、

「違う。おれは、政には興味はない。ただ、群れるのが嫌いなだけだ」

東雲は笑い飛ばした。

東雲龍之介は笹森と同様の小人目付であった。三年前、ある旗本の身辺探索という

役目を担《にな》った。小人目付の探索は二人一組で行う。探索対象者に対して、功罪両面から当たるのだ。

東雲が探索に当たった旗本は素行不良の噂が絶えなかった。屋敷内で賭場を開いたり、女中を手籠めにしたり、出入り商人に代金を払わないといった悪評が立っていた。東雲はそれらの評判が事実だと突き止めた。しかし、もう一人の小人目付が旗本に抱き込まれ、旗本の潔白を言い立てた。

上役たる目付もその旗本が老中の縁戚であることから表沙汰にはせず、東雲の報告を握りつぶした。

東雲は嫌気が差して小人目付を辞め、身分やしがらみに縛られずに悪党成敗しようと、浪人して賞金首を狙うようになったのである。

「いかにもお主らしいな。で、闇奉行、どんな男だったのだ」

「さてな、それは、おまえたちが調べることだ。浪人のおれに頼っては御公儀の沽券《こけん》に関わるだろう」

東雲の言葉を受け入れるように笹森は首肯《しゅこう》した。

「ま、精々、がんばれ」

東雲は酒の代わりを注文した。

「必ず、闇奉行を捕らえる。しかし、もし、闇奉行に賞金がかかったらお主、どうする」

「決まっておる。狙いに行くさ。さぞや、高値がつくだろう。しかしな、闇奉行に賞金をかけるなど、御公儀の面子は丸つぶれだ」

「確かにな」

「お主、闇奉行の何か手がかりを摑んだのか」

「手がかりではないが、手立ては考えた。まあ、見ておれ」

「関心はないが、お主が手柄を立てることを期待しておるさ」

「今回の闇奉行摘発、寺社奉行大河原播磨守さまが発案された」

「今をときめく大河原播磨守さまに見込まれてよかったではないか」

「大河原さまはわたし一人に任されたのではない」

「小人目付は二人で動くものだから当然だろう」

「ところが、相方は小人目付ではない。北町の同心だ」

「ほう、北町のな。町方は与力が闇奉行に成敗されておるから、大河原さまはその点を配慮されたのではないか。で、その北町の同心、何者だ」

「蔵間源之助と申して、かつて筆頭同心として数々の手柄を立てた男だ。それが、七年前から通称居眠り番と揶揄《やゆ》される両御組姓名掛などという閑職にある」

「爺いか」

東雲は最前線の役目を退いた、隠居前の同心だと思った。

「いや、そうではない。まだ、隠居には早い壮年の男だ」

「ということは、しくじりをした男、つまり、町方はそんな男をお主にあてがって、お茶を濁そうという魂胆ではないのか」

東雲はからかい口調になった。

「大河原さまのご指名だ。実際、蔵間という男、なんだか凄みがある。練達《れんたつ》の同心であることを伺わせるのだ。つまり、町方も本気で闇奉行捕縛に動き始めたということだ」

「蔵間とか申す同心に、出し抜かれるなよ」

東雲は猪口をあおった。


笹森は東雲と別れ、神田の横丁を歩いた。夜風が酔いで火照《ほて》った頰を撫でてくれる。ゆっくりと歩き、街角の一角を廻った。どんつきに練塀《ねりべい》が連なっている。

笹森は表門脇の潜り戸を二度、三度と叩いた。潜り戸が開く。笹森は身を入れる。

そこは、広大な屋敷となっていた。

三好検校の屋敷だ。

三好検校には逸話がある。

若かりし頃、彦之市《ひこのいち》という名で按摩をしていた。彦之市を贔屓《ひいき》にしてくれた武家がいた。近江観音寺《おうみかんのんじ》藩八万石の大名大河原播磨守の四男誠之助《せいのすけ》である。誠之助は四男坊ということで部屋住みの身、本所吾妻橋《あずまばし》にあった下屋敷で捨て扶持《ぶち》二百石を与えられ、日がな一日書見に明け暮れる日々を送っていた。一日中読書をしているものだから、肩が凝り、腰が痛む。そこで、屋敷近くを流していた彦之市を呼び、按摩をさせた。彦之市の按摩は心地良く、誠之助は三日と空けず呼ぶようになった。

ある日、彦之市は誠之助に言った。

誠之助が大名になる骨相《こっそう》をしているというのだ。誠之助は彦之市に身分は報せていない。単に武家としか言っていなかった。また、現実問題、部屋住みの身とあっては御家を継げるはずもない。誠之助は座興と受け止め、自分が大名になったら、おまえを検校にしてやると約束した。

すると、一年後、家督を継ぐべき嫡男と三男が相次いで病死し、次男は他家へ養子が決まっていたため、誠之助が大河原家を相続することになった。誠之助は彦之市の占い通り大名となったのである。

誠之助は近江観音寺藩藩主、大河原播磨守元信《もとのぶ》と名乗り三年前より寺社奉行に昇進、彦之市を検校に引き上げた。彦之市は先祖の出身地阿波国《あわのくに》三好《みよし》にちなんで三好検校となったのだった。

檜造りの御殿に向かって歩いてゆく。石灯籠に灯りが灯された庭は玄妙な世界が広がっていた。春の夜風に梅の花が香っていた。御殿玄関脇の控えの間へと入る。

そこで、待つことしばし、既に酔いは覚めていた。

やがて、廊下を足音が近づいて来る。笹森は平伏した。引き戸が開けられた。

「ご苦労」

しわがれた声と共に入って来たのは三好検校である。

「検校さま、相変わらずのご壮健、なによりと存じます」

笹森は言った。

「どうじゃった」

三好検校の口調は穏やかである。

「全ては検校さまの思惑通りでございます。蔵間源之助、東雲龍之介、ともに、自分たちが検校さまの台本での芝居を演じていることなど、露ほども感づいてはおりません」

笹森は言った。

三好検校は満足げにうなずく。

「蔵間と共に天竺屋富三郎の警固に当たります。天竺屋めは、萩月にまいる所存でございます」

三好検校はほくそ笑む。

「面白くなってきました」

「まだまだ序の口だ」

三好検校は薄気味の悪い笑いを上げた。

「して、このあとのことでございますが」

「慌てるでない。必ず、わしらの思惑通りになる。この世を牛耳《ぎゅうじ》るのじゃ」

三好検校の力強い物言いに、笹森は威圧されるように頭を下げる。

「この世は腐っておる。わしは、目は見えぬが、心の目で見る。するとな、人の顔は見えぬが、心は見えてくるのじゃ」

「御意《ぎょい》にございます」

笹森は笑みを広げた。

「人の心というものは、それは複雑なものだ。そして、どんな人間にも闇というものがある。人は知られたくない闇を抱えておる。その闇を照らしたくて、もがく。正しくあらねばならぬと思う者ほど、闇に陥りやすいものじゃ」

三好検校はにんまりとした。

「闇とは言いえて妙でございます」

笹森はすっかり圧倒されている。

三好検校の言葉はまさしく自信に満ち溢れていた。

「ならば、わたしは粛々と役割を果たしますが、蔵間源之助という男、検校さまが申されたように、侮れない男にございますな」

笹森は言った。

「どうした、臆したか」

「いいえ、かえって、勇を奮い立たせてございます」

「であれば、よいがのう。ところで、東雲なる浪人者、やはり、我らには加わらんということだ」

「そうでありましょう」

「いずれ、始末せねばならなくなるかもしれぬが、その時は……」

「是非ともわたしが、龍之介を斬ってご覧にいれます」

「任せる」

三好検校は立ち上がった。

三

それから程なくして、

「降ってきやがった。闇奉行、天気の診立ては確かだな」

東雲は雨空を見上げた。真っ暗な空から矢のように雨が降ってくる。

「雨こそ幸いだ」

東雲は自分に言い聞かせるように呟く。

夜の帳《とばり》が下り、雨模様とあって人気《ひとけ》はない。仕事には好都合と言えた。今夜狙う賞金首は、上州高崎《たかさき》宿で火付けを行った寺男の半次《はんじ》だ。旅籠《はたご》に火をつけ、寺にも火をつけ、いわば、火付けを楽しんでいた。関東取締出役《かんとうとりしまりしゅつやく》、通称八州廻《はっしゅうまわ》りの手を逃れ、江戸にやって来た。今は、神田界隈の寺に寺男として雇われているという。

寺男仲間とつるんで、賭場を開いているようだ。

こうした賞金首についての情報は、筋違御門《すじかいごもん》近く、柳原《やなぎわら》通りに面して建つ関八州郡代、代官屋敷の手代小弥太《こやた》から仕入れている。小弥太は役目柄、関八州や江戸府内の十手持ちと繋がりがあり、賞金首の居場所を摑むと東雲に報せてくれる。もちろん、ただではない。賞金の二割を支払う条件だ。

東雲は半次がいる妙閑寺《みょうかんじ》へとやって来た。神田白壁町《しらかべちょう》に七堂伽藍《がらん》を備えた巨刹《きょさつ》である。練塀に囲まれた境内は五千坪もあろうか。裏門から境内に入る。立派な寺には不似合な板葺き屋根の粗末な小屋がある。寺男ばかりかやくざ者が巣食い、賭場にもなっていた。

悠然と歩み寄り、腰高障子を蹴飛ばした。

博打に高じる者、のんだくれている者でなんとも退廃的な空気が漂っている。

時代遅れの戦国武者のごとき東雲を見ても無反応な者ばかりだ。うつろな目でへらへらしている。

「阿片《あへん》か」

どうやら、阿片が吸われているようだ。

懐中から人相書きを取り出す。

「半次はどいつだ」

人相書きと男たちを見比べる。

すると、中の一人が、

「あいつだ」

と、一人の男を指さした。指差された男は、のっぺりとした顔で、やはり、阿片を吸っていた。

ずかずかと歩み寄ると、半次は恐れることもなく、笑いを返してくる。胸ぐらを摑んで立たせた。半次は抵抗することもなく、東雲にもたれかかってきた。

「しっかりしろ」

東雲は半次の頰を平手で打った。

半次の上半身が大きく揺れる。それでも生気のない目を返すばかりだ。こいつ、妙閑寺で阿片漬けになったようだ。ということは、この寺は阿片の巣窟になっているということだ。寺を糾弾すべきだろうが、自分の役目ではない。ともかく、半次の身柄を関八州郡代、代官屋敷に突き出そう。

郡代か代官に妙閑寺のことを報告し、取り締まってもらおうか。

「いや、無駄だな」

たとえ、訴えたとしても、奴らは問題にはしないだろう。寺は寺社奉行支配下だし、妙閑寺は江戸における浄土宗《じょうどしゅう》の大本山である。檀家の中には大身《たいしん》の旗本やら大名がいる。そんな妙閑寺の罪を暴き立てるとは思えない。報告したところで、握りつぶすに違いない。

小人目付を辞めるきっかけとなった旗本探索の時と同じだ。

賭場ならまだ無視することができるのだが、阿片となると許すことはできない。

いっそのこと、大暴れをして寺を潰してやるか。

そんなことはできない。いかに暴れたところで、寺で騒ぎを起こせば周囲は黙っていない。山の中や在にある寺ではない。町中にあるのだ。

すぐに、通報されるだろう。

いずれにしても、もう少し探ってみたい。

「半次」

東雲は転がっていた徳利の酒を浴びせ、両頰を手で打った。

「お許しくだせえよ。もう、逃げたりしませんや」

半次は幾分か正気に戻ったようだ。

「それより、おまえ、阿片を吸っておるな」

「旦那もやりますか。酒よりもいい気分になりますぜ」

半次はにやけた顔のままだ。これから、役所に突き出され、近い将来火あぶりになるというのに、その恐れがない。阿片によって、神経が麻痺しているのだ。

半次の襟首を掴んで小屋から引きずり出した。仲間たちは無関心だ。

裏門から連れ出しても、誰一人追って来なかった。半次を連れ、夜道を神田川に向かう。

「妙閑寺で手に入れたのだな」

「そうですぜ」

「寺にはどこからもたらされるのだ」

「どっかからですよ」

「どっかではわからん」

東雲は怒鳴りつけた。

「そんなこといったって、おら、小屋で出されたのを吸ってただけですからね。寺に出入りしている商人かもしれませんよ」

「商人、というと薬種問屋か」

「そうでしょうよ」

半次はそれきり口をつぐんだ。白状しないというよりは、知らないようだ。

薬種問屋を突き止めるか。

いや、そこまですることはない。

すると、

「旦那、しょんべんがしてえ」

半次が言った。

「辛抱しろ」

関八州郡代、代官屋敷まで我慢させよう。幸い、雨は上がった。道端はぬかるみ、水溜りがあちらこちらにできている。水溜りには十六夜《いざよい》の月が揺れ、闇奉行に教えてもらうまでもなく、明日は晴れることを告げていた。

「駄目だ、漏らしちまうぜ」

半次は地団駄《じだんだ》踏んだ。

漏らさせ、小便臭い身体を連れて行くのも嫌だし、役所でも嫌がるだろう。どうせ、この体《てい》たらくでは逃げはしないだろう。

「いいだろう」

東雲が了解すると、半次は往来に面した商家の軒先に立つと前をごそごそとやり始めた。

「おい、そこで立小便はやめろ」

「雨水と一緒に流れますよ」

「そこではするな。路地を入ったところの長屋に厠があるではないか」

有無を言わせない強い口調で言った。半次はうなずくと、路地に入って行った。逃げるかとも危ぶんだが、足元がふらついているのは芝居ではあるまい。

「急げ」

声をかけると半次はうなずきながら路地を入って行った。

「さて、五十両か」

東雲は半次に懸けられた賞金五十両に関心を向けた。

賞金稼ぎ、いつまで続けられるだろう。

夜空を見上げる。雲が切れて、月が照り星が瞬いている。雨上がりの春の夜風は艶《つや》めいていた。春の深まりを味わったところでそろそろ行くか。

半次が戻って来ない。

「まさか」

あいつ、逃げたのか。

だとしたら、とんだ油断をしたものだ。自分の甘さに腹が立つ。

「おのれ」

歯嚙みをしてから路地に走り込んだ。すぐに厠が近づいた。糞尿の臭いが漂っているが、それに加えて鉄が錆《さ》びたような臭いが混じっている。東雲の胸の鼓動が高まった。

果たして、厠の手前で半次が斬られていた。背中をざっくりと斬られている。

——口封じか——

と、背後で人影が蠢《うごめ》いた。

振り向き様、東雲は拳を突き出した。一人が水溜りを跳ね上げた。ぞろぞろと男たちが逃げてゆく。やくざ者の中に侍が一人いる。半次を斬ったのは侍であろう。

「貴様ら、誰に雇われた」

怒鳴りつけたが、答えるはずはない。みな、大慌てで走り去る。

連中は妙閑寺か阿片を持ち込んでいる薬種問屋に雇われたのだろう。

とんだ一件に関わってしまったようだ。

半次が横たわる路地にナズナが白い花を咲かせていた。夜風にそよと揺れる小さな花弁が半次への手向《たむ》けのようだった。

あくる十七日の朝、東雲は三好検校を尋ねることにした。妙閑寺の阿片、捨て置くのは気が治まらない。半次は、自分の目の前で口封じをされた。つくづくと舐《な》められたものである。

検校は寺社奉行支配下、盲人の最高位だ。特に三好検校は関八州の盲人を支配する総検校の役目を代行しているし、寺社奉行大河原播磨守とも親しい。次々と寺の不正を摘発している大河原のことだ。いかに妙閑寺の威勢が強かろうと、檀家に大身の旗本や大名がいようと、大河原なら手加減せずに手入れするのではないか。

いや、大河原は闇奉行を摘発しようとしている。闇奉行たる三好検校が大河原に妙閑寺手入れを進言するだろうか。自分が闇奉行とは伏せて妙閑寺手入れに動いてくれればいいのだが、そう都合よくいくかどうか。

ともかく、当たってみよう。

表門で素性を告げるとすぐに中に入れられた。東雲は下男に御殿の裏手にある庭に案内された。

練塀沿いに歩いて行くと、瓦葺屋根の立派な建物があった。下男によると講堂と呼ばれ総検校屋敷にある鍼治学校の役割を果たしているそうだ。鍼治治療の教育だけではなく、音曲や学問も教え、盲人ばかりか貧しい者たちにも門戸を開いているという。このため、三好検校の評判はいい。善行を積んでいる陰で殺しという悪行に励むとは妙なものだ。

もっとも、闇奉行こと三好検校は自分が行う殺しは悪行ではないと言っている。裁きや法の網を潜り抜けた悪党を退治するのだと。

講堂の裏門を通った。

なるほど、大勢の盲人たちが講堂に入って行く。盲人たちに手を貸している者たちは身内ではなく、講堂で学問を学ぶために集まって来た町人たちのようだ。

講堂の傍に井戸があった。講堂の立派さとは対照的な苔むした古い井戸だった。井戸を通り過ぎると土蔵が並んでいた。

土蔵を過ぎた所にお庭がございます、と言って下男は立ち去った。なるほど、土蔵の向こうに生垣が巡らせてあった。どうやら、奉公人たちは庭には立ち入ることができないようだ。

生垣の木戸を通ると庭になっていた。

大きな池があり、月を映した泉水に鮮やかな色合いの鯉が泳いでいる。東屋《あずまや》があり、奉公人からそこで待つように言われた。

　さすがに、検校屋敷の庭は立派なものだ。四季の花々、枝ぶりのいい松、庭の隅々にまで手入れが行き届いている。

　野鳥のさえずりが耳に心地良い。

　やがて、三好検校がやって来た。従者の肩に捉まり、ゆっくりとした歩みでやって来ると、東屋に腰かけた。

「これよりは、楽しみな時節となるぞ」

　三好検校は庭を愛《め》でるように首を横に振った。

　東雲が黙っていると、

「目が見えなくとも、庭を愛でるのは楽しみだ。いや、ひょっとしたら、目開きよりも味わいが深いかもしれん。こうして立っておるとな、桜が咲くのはいつ頃、梅がほころびるのはいつ、など、よくわかるのだ。風にも、時節の移ろいが感じられるものじゃぞ」

「検校さまの、嗅覚、まさしく感じ入りました。昨日の空模様、見事に的中なさいましたな」

「当てようと思っておるのではない。感じたままを口に出しただけだ」

三好検校は言った。

「敬服致した」

「どうした。まさか、空模様を当てた礼にまいったわけではあるまい。わしの下で働く気になったのか」

三好検校は東雲に向き直った。

「そういうわけではござらん。今日は、一つ、法の網を逃れるであろう悪党のことを知らせにまいったのです」

東雲は言った。

「ほう」

三好検校は興味深げにうなずいた。

四

「昨晩、神田白壁町《しらかべちょう》にある浄土宗の寺、妙閑寺にて賞金首の寺男を捕らえたのでござるが、関八州郡代、代官屋敷まで引っ張って行く途中、何者かに殺されました。口封じでね」

「口封じというと、誰が何のために行った」

三好検校が訊いた。

「妙閑寺は阿片窟となっております。寺男はそこで阿片漬けにされていた次第でござる」

東雲は言った。

「なるほど、して、そなた、わしの所に来たということは、わしにどうせよと」

「寺社奉行大河原播磨守さまに言上《ごんじょう》し、妙閑寺の手入れと、阿片を持ち込んでおる不届きなる薬種問屋を摘発に動いていただきたい」

「断る」

三好検校はにべもなく右手を掃った。

「闇奉行さまは、法の網を逃れた悪党を成敗するのではないのですか」

「わしが、成敗するのは、法の裁きを潜り抜けた者たちじゃ。妙閑寺は裁かれてはおらぬ」

「妙閑寺は法の裁きを受けることなく、阿片窟と化しましょう。それとも、大河原さまが闇奉行摘発に乗り出しておられることを気にかけておられるのですか」

東雲が迫ると、

「それもそうじゃのう。それはまた、放ってはおけぬな」

あっさりと三好検校は態度を改めた。それがいかにも胡散臭《うさんくさ》く思えてしまうのは、自分のうがった見方であろうか。

「ならば、よしなに」

「そなた、わしの仲間に加わり、妙閑寺退治を最初の仕事にはしてみぬか」

「わたしはあくまで賞金稼ぎでござる」

東雲は言い置いて踵を返した。


源太郎と京次は神田白壁町の裏長屋の路地で見つかった男の亡骸を調べていた。

「背中を斬り下げられていますね」

京次が言った。

「何者だろうな」

「長屋の連中は見たことがないって話ですね」

京次は長屋の連中に聞き込んだ成果を言った。男は、今朝、長屋の大家が見つけたそうだ。昨晩は雨が強くて、表に出た者はなかった。この男が長屋をうろつくのを見た者はいなかった。

「すると、何かこの長屋に用があったってことですかね。たとえば、長屋に知り合いがいて、それを訪ねてきた」

京次は男の懐中から巾着《きんちゃく》を見つけた。物盗りの仕業ではないということだ。

「でもな、長屋の者の仕業と考えるか」

「その可能性もあると」

京次は言った。

「わたしは、違うような気がするな。何者かに追われて来たのではないか。背中の傷がそのことを物語っている」

「そうですかね」

京次は納得できないようだ。

「ともかく、この男が何者かを調べ上げないとな」

源太郎は厄介なことになりそうだと思った。いつになく慎重な姿勢になっているのは、もちろん、先ごろの失敗があるからである。一つ一つ、きっちりと証拠を積み上げて下手人にぐうの音《ね》も言わせないような探索をしなければならない。そう、自分に言い聞かせる。

案外と早く男の素性はつかめた。長屋の連中や近所の者たちが、

「妙閑寺の半次さんだ」

ということになったのである。

「寺男ですか」

京次は寺男が真夜中にしかも雨の晩にどうしてここで斬られたのだろうという疑問が胸に渦巻く。

「ともかく、妙閑寺に確かめよう」

源太郎は亡骸を近くの番所に運ぶ手配をした。京次がその段取りをつけ、源太郎は妙閑寺へと向かった。

妙閑寺で素性を告げる。

小坊主が一人の若い僧侶を連れて来た。僧侶が法庵《ほうあん》と名乗ると、源太郎は寺男の半次らしき男の亡骸が見つかったことを告げた。

「半次が……」

法庵は驚きを示しながらも半次の勤務ぶりを語った。半次は決してまじめではなく、飲んだくれて朝の掃除を休むことも珍しくなかったということだ。

「ともかく、亡骸を検《あらた》めてくだされ」

源太郎が丁寧に頭を下げた。法庵は承知してくれた。

神田白壁町の自身番で、

「半次で間違いございません」

法庵は両手を合わせた。

しばらく経を唱え、源太郎も京次も半次の冥福を祈った。

ひとしきり、冥福を祈ってから、

「刀で斬られております。すなわち、半次は殺されたのですが、何か心当たりはございませぬか」

源太郎が問いかけると、

「拙僧よりも、半次のことをよく見知った者をここに呼びましょう」

法庵は京次に妙閑寺に行って、寺男をまとめている権蔵《ごんぞう》という男を呼んでくるよう頼んだ。京次は急ぎ足で出て行った。

「半次は何時《いつ》から寺男をしておったのですか」

「半年前からです。それまでは、上州で百姓をしておったそうです」

法庵は答えた。

「どうして、江戸に出て来たのでしょうか」

「村が飢饉《ききん》に襲われて、田畑を売って家族離れ離れとなったそうでございます」

その境遇に同情したのだということだ。半次はまさしく、行き倒れるようにして寺にやって来たのだという。施しているうちに、寺に居つき、薪割りや掃除などの下働きの仕事をやるようになり、自然と寺男になったということだ。すると、半次は何か人には言えない過去があったのではないか。

素性、不確かな流れ者ということだろう。

いや、そう決めつけるのはよくない。あくまで、地道にこつこつと事実を積み重ねてゆかねばならない。

「決して、まじめな男ではございませんでしたが、殺される、しかもお侍に斬られるほどの理由があったとは見当が尽きませぬ」

法庵はしきりと首を傾げた。

そうなのだ。半次は侍に殺されたのだ。半次が侍と接点を持つということはどういうことだろう。人違いということは考えられないだろうか。いや、むしろ、人違いということの可能性の方が大きい。

雨が降る夜更けであったのだ。

人違いで殺されたとしたら、あまりにも哀れな男ということになる。

源太郎は改めて半次の顔を見た。半次は苦悶の表情のまま両目をかっと見開いている。法庵は、半次の傍らに膝をつき、経文を唱えながら、指で半次の目を閉じた。

「一刻も早く、下手人を挙げてやってください。それが、せめてもの半次への手向《たむ》けとなるのですから」

法庵は静かに言った。

「わかりました」

源太郎もそのつもりだが、慎重な姿勢を崩してはならじ、と自分に言い聞かせる。今度はしくじれないのだ。今度失敗すれば、十手は返上する。そのことは、自分自身に誓ったのだ。

すると、

「ごめんください」

京次に連れられ男が一人入って来た。縞柄の着物を着流しにした男は法庵に向かって丁寧に頭を下げた。

「権蔵、半次だな」

法庵に言われ、権蔵は半次の亡骸に向かって両手を合わせた。

「権蔵、半次を殺した下手人、何か心当たりがないか」

源太郎は正直、期待しないで問いかけたのだったが、

「昨晩の侍、どう見たって浪人でしたがね、そいつの仕業に違いありませんよ」

権蔵は自信たっぷりに答えた。

「詳しく申せ」

源太郎は思わず身を乗り出した。法庵は口を半開きにした。京次は道々、権蔵からそのことを聞いていたのだろう。落ち着いている。

「詳しくも何もありませんよ。昨晩、番小屋にいましたら、いきなり、浪人が入って来て半次のことを連れて行ったんですよ」

権蔵は身振り手振りで、その浪人がいかに傍若無人《ぼうじゃくむじん》な振る舞いをしたかを述べ立てた。

「どういう用件で、浪人は半次を連れて行ったのだ」

「わかりませんや」

権蔵は大きく頭《かぶり》を振った。

「半次は素直に引き立てられて行ったのか」

「ですから、申しましたでしょう。有無を言わさずに、強引に引き立てられていったって。そう、八丁堀の旦那方が咎人《とがにん》を引き立てるよりも荒っぽい有様でしたよ」

権蔵は言った。

「半次は腕っぷしは強かったのか」

「そこそこでしたね」

「その半次が蛇に睨まれた蛙となると、その浪人、よほどに凄腕ということか」

源太郎は思案した。

五

半次は番小屋から浪人に連れ出された。おそらくは、その浪人によって殺されたのだろう。

京次がここで、

「和尚さま、あちらで茶などお飲みになられてはいかがですか」

不意に言われ法庵は戸惑った。

「いや、茶などは」

口をもごもごとさせたが、京次が耳元で、

「お寺のまずいことを訊きますので、この場にはおられない方が」

と、言葉を添えると了解したようにうなずき、小上がりに向かった。源太郎が町役人に茶を淹れさせ、法庵の相手になるよう言った。京次が権蔵に向き直った。

「番小屋にはどれくらいの男がいたんだ」

権蔵は宙で数を数えるようにしていたが、

「八人ってとこですかね」

「サイコロでもやっていたか」

「とんでもねえ」

権蔵は大きくかぶりを振った。

「心配するな。博打の手入れはしない」

「いや、ほんと、博打っていいましてもね、ほんの遊び程度っていいますか、仲間内でサイコロ使って遊んでいるだけなんです。酒を奢《おご》るかどうかってけちな賭けをしているだけですって」

「だから、博打のことはいいんだ」

それでも権蔵は博打のことを咎められると危機感を抱いたようで、知らないと繰り

返した。京次は強く博打のことじゃないと言ってから、

「八人も男がいて、半次が連れて行かれるのを黙って見過ごしたのかい」

「そら、酒も入っていましたんでね」

権蔵の目が彷徨《さまよ》った。

「酒が入っていたら、酔いに任せて気が大きくなるんじゃねえのかい。見知らぬ浪人がてめえの家に上がり込んで来て、仲間を連れ去って行ったんだ。誰かが突っかかってもいいんじゃないのか」

京次は言った。

「そりゃ、あっしらだってね、これが痩せ浪人だったら、ただじゃおきませんや。ところがやって来たってのは、身の丈六尺はあろうかって上に、背中に……あのなんて言いましたっけね。唐土のどでかい刀、両刃のある奴……」

権蔵がえぇっと、と試案していると源太郎が、

「青龍刀か」

と、口を添えた。

「そう、そのばかでかい青龍刀を背負っていましたんでね。そりゃもう、怖いのなんのって、とてものこと、口なんか挟めませんや」

権蔵は首をすくめた。

「青龍刀、大男の浪人」

京次がそらんじると源太郎はうなずいた。

賞金首を狩る男がいると聞いた。二、三日前、浅草で大暴れをしたという。

するとは、半次は賞金首であったということか。

源太郎が、

「半次、寺に来る前は何をやっていたのだ。あ、いや、上州で百姓をやっていたということは聞いているが、何か罪を犯したのではないか」

「知りませんや」

権蔵は横を向いた。

その素振り、権蔵は何かを知っている気がする。

「おい、おまえ」

京次が詰め寄る前に、

「惚《とぼ》けるな」

源太郎は権蔵の胸ぐらを摑み、激しく揺さぶった。権蔵の身体がびくんと揺れ、

「本当に知らないんですよ。ただ、あいつ、時々、うなされることがありました。火

事だ、火事だ、なんてね」

権蔵は怯える様子をしばしば見せたということだ。

「火事に何か絡んでいるんですかね」

京次が源太郎に訊く。

「そうかもしれん」

源太郎はうなずき権蔵に向き直る。しかし、権蔵はそれ以上は半次について知らないようだった。

「あっしら、まっとうな暮らしをしてきた奴なんて、滅多にいるもんじゃござんせんからね。みな、脛《すね》に傷を持つ者ばかりです。過去の穿鑿《せんさく》なんてのは、お互いやらねえのが普通ですからね。半次の身の上も問いかけたりしませんでしたよ。ただ、言葉には上州訛《なま》りがありましたよ。ですから、上州で百姓やっていたかどうかはともかく、上州から流れて来たというのは本当だと思いますよ」

「わかった」

源太郎は関八州郡代、代官屋敷に行ってみようと思った。

自身番を出ると、柳原通りを両国方面へと向かう。神田川に沿って連なる土手の下、

通りには菰《こも》掛けの小屋が建ち並んでいる。みな古着屋だ。好天とあって、古着を求める男女が群がるのを縫いつつ、

「青龍刀の賞金稼ぎの話、聞いたことありますよ。確か、青龍の旦那と呼ばれている凄腕だって。すると、その賞金稼ぎが下手人ってことですかね」

「賞金稼ぎがどうして殺す」

源太郎が納得できないとばかりに首を捻る。

「逃げ出したからってわけないか。そんな凄腕の奴が逃がすはずないですよね。それに、あの刀傷は青龍刀じゃねえですもの」

「となると、浪人はみすみすせっかくの賞金首をやられたことになる。一体、どういうことだろうな。賞金稼ぎが下手人でないとすると、探索は振り出しに戻ったということだ」

源太郎は言った。

左手に新《あたら》し橋を越えたところで、右手に関八州郡代、代官屋敷が見えてきた。

すると、

「あそこ」

京次が指差すまでもなく、人混みの中を首一つ出た長軀の浪人が歩いている。背中

には青龍刀を負っていた。

京次が人込を掻き分け、浪人に歩み寄った。

「もし、少々、お話をお聞かせください」

声をかけたところで源太郎も追いついた。源太郎は素性を明かし、妙閑寺の寺男殺害の件で話を聞きたいのだと申し出た。

「わかった。話をしよう。わたしは、東雲龍之介、人呼んで青龍の旦那、で通っている」

東雲は半次殺しには協力する姿勢を見せてくれた。

目に付いた茶店に入り、源太郎と半次は東雲と向かい合った。

「半次殺しを追っているのだな」

東雲の物言いはいかにも高圧的であったが、不愉快な気持ちにはならなかった。決して、上等な着物を着ているのではないが、浪人特有のうらぶれた感じはしない。凄腕の賞金稼ぎということに加えて、この男が醸《かも》し出す武士としての矜持《きょうじ》のようなものが感じられるのだ。この男なりに武士としての誇りを失っていないのかもしれない。

「東雲殿は、妙閑寺の番小屋から半次を連れ出したのですな」

「関八州郡代、代官屋敷に連れて行こうと思ったのだ。半次の首には五十両が懸かっていたからな」

「それが、半次は神田白壁町の裏長屋の木戸近くで斬られたというのはどういうことでしょう」

「小便だ」

東雲は半次が尿意を催し、厠へ行くことを許したと証言した。

「おれとしたことが抜かっておったのだ。少しばかり目を離した隙に、半次は何者かに斬られた」

東雲の証言に裏付けはないが、嘘は感じられない。

「下手人に心当たりはありませんか」

「ある」

東雲は声を大きくした。

「お聞かせください」

源太郎は生唾を飲み込んだ。

「妙閑寺の番小屋は阿片窟と化しておった。おそらくは、その口封じであろう」

「なんですって」

京次は驚き、源太郎も意外な話に興味を覚えた。

「だから、阿片絡みの一件だと思う。ところが、妙閑寺は知っての通り檀家には有力な方々がいる。ましてや、町方は差配違いとあって探索はできんだろう。よって、寺社奉行に任せることだ」

東雲は言った。

源太郎は黙っている。確かに東雲の言う通りだ。町方ではこれ以上は追えない。しかし、寺社奉行が動いてくれるだろうか。それに、半次殺しの下手人を阿片に絡めての一件と決め付けていいのかという疑問もある。

「ここは、寺社奉行に任せることだ」

東雲は釘を刺すように繰り返した。

「東雲殿は寺社奉行に半次の一件、話されたのですか」

「痩せ浪人ゆえ、直接寺社奉行へ話を上げることはできるはずもないが、しかるべき筋からあげておる」

「しかるべき筋とは」

源太郎の問いかけには、

「それは勘弁してくれ」

東雲は軽くいなした。表情は柔らかだが有無を言わせない迫力に満ちている。

「ところで、お主、蔵間殿と申したが、蔵間源之助殿の……」

「息子です……が、どうして父のことを御存じなのですか」

「こういう仕事をしておるとな、高名な同心のことは耳にするのだ。そうか、お主、蔵間殿の倅か」

東雲は話はすんだとばかりに立ち上がった。

「ご協力ありがとうございました」

源太郎は言った。

六

その日の夕七つ（午後四時）源之助と笹森は天竺屋富三郎の駕籠につき、日本橋の料理屋萩月へとやって来た。途中、闇奉行の手の者が襲ってくる気配はなかった。闇奉行も警戒しているのだろうか。釈然としない中、萩月までやって来た。

仕方なく、富三郎は萩月で半時ばかり過ごし、帰宅した。

「今日は按摩を呼んで身体を揉み解《ほぐ》してから寝ます。政之市という、腕のいい按摩がおりますのでな」

近頃は按摩が何よりの楽しみだと言った。

その言葉を裏付けるように天竺屋には按摩が来ていた。政之市のようだ。

あの按摩……。

日本橋を歩いていた時、闇奉行の書付を持って来た按摩に似ている。おそらくは同一だ。

偶然だろうか。

深くは考えず源之助は八丁堀の組屋敷へと足を向けようとした。笹森が肩を並べてついて来る。

「蔵間殿、闇奉行は富三郎を襲いませんでした。そのこと、いかに思われる」

「様子伺いといったところでしょうか」

「我らの動きを見張っておるということは、闇奉行の手の者は相当数がいると考えられますな」

「そうでしょう。裁きや法の網を潜り抜けた悪党に天罰を下すなど、ある程度の手数がなければできぬこと」

源之助は足を止めた。

「闇奉行の真の目的が知りとうござる」

笹森も源之助の横に並んだ。

「さようでござるな」

不意に上《うわ》の空《そら》で答えをしてしまった。何かもやもやしたものがこみ上げてきたのだ。何だろう、一体このもやもやは。

気のせいではない。

八丁堀同心としての勘が何かがあることを告げているのだ。笹森も源之助の様子に気付いたのだろう。

「いかがされた」

「それが……」

政之市のことが引っかかるのだが、単なる偶然かもしれない。笹森が戸惑いで足を止めた。

「気のせいかもしれませんな」

源之助は詫びて一歩踏み出した。そこへ笛の音が聞こえた。

「按摩ですな」

笹森が言った時、

「やはり、偶然ではない」

源之助の胸が高鳴った。

「いかがされた」

笹森が問いかけるのにも答えずに源之助は走りだした。

「蔵間殿」

笹森の声が遠ざかる。無視したのではなく答えられない。確かな証《あかし》があるわけではないからだ。自分が闇奉行に呼び出された時に使いにやって来た政之市が富三郎の家にいる。闇奉行、ひょっとして盲人ではないのか。

しかも、按摩を使える立場であるのではないか。按摩ならば、様々な家にも出入りできるだろう。闇奉行が南町の与力前原と天竺屋の癒着、不正をどうやって知ったのか。富三郎は按摩好きだと言っていた。按摩ならば疑うこともなく家に上がることができる。

勘にしか過ぎないが、按摩が富三郎の命を狙うということはないか。

「按摩でも呼んで、今日は寝ます」

富三郎の言葉が気にかかった。

闇奉行は、あたかも富三郎が外出する機会を狙っているかのように装っただけなのではないか。天竺屋を離れてみると、益々そのことが気にかかる。

「おのれ」

源之助は走りながら口走る。

「蔵間殿、待たれよ」

笹森も追いかけてくる。

「天竺屋へ急ぎます」

源之助は前を向いたまま言葉を発する。笹森は理由を聞くことなく、

「承知」

と叫び、疾走する。

源之助は速度を上げる。しかし、笹森は源之助の横を悠々と追い抜いて行った。

若さには勝てぬ。

いや、負けるものか。敵は闇奉行であって笹森ではないのだが、ついつい競争心が募る。

意地になって急いだものの、笹森との距離は短縮されるどころか、広がるばかりである。原因は歳だということが第一だが、他に大きな要因がある。

雪駄だ。

源之助は特別あつらえの雪駄を履いている。懇意にしている日本橋長谷川町の履物問屋杵屋の主人善右衛門が用意してくれた。薄く伸ばした鉛の板を雪駄の底に仕込んでいる。筆頭同心として捕物や罪人の捕縛に当たっていた頃、少しでも武器になるものを用意しようとした工夫の産物である。筆頭同心から居眠り番に左遷されてからも、意地で履き続けている。

足腰を鍛えるという老化防止かと考えたこともあるが、今ではこの雪駄を履くことで八丁堀同心の矜持を示しているつもりだ。

それゆえ、履いたまま走り続けた。

息が上がりながら天竺屋に着いた。笹森はけろっとしている。息を荒らげるのを恥じ入るように、

「すぐに、富三郎を」

笹森はわけを聞くこともなくうなずくと、店の裏手へと足を向ける。源之助も続いた。裏木戸を開け庭を横切る。離れ家の障子が行灯に浮かんでいた。

「富三郎」

笹森が声をかけた。

しかし、返事はない。源之助と笹森は顔を見合わせ、うなずき合うと離れ家に上が

り込んだ。

「御免」

源之助が声をかけ、障子を開けた。

「やられたか」

笹森が悔しげに呟いた。

布団にうつ伏せとなった富三郎は首からべっとりと血を流していた。

枕元には、富三郎の悪行が記された紙が置かれていた。

「按摩の仕業ですな」

笹森が言った。

「間違いないでしょう」

源之助は見破ることができなかった迂闊さが胸に渦巻く。

「おのれ、先ほどの按摩か。よくもぬけぬけと、我らをあざ笑うかのような仕業よ。許せぬ」

笹森は歯嚙みした。

「闇奉行、按摩を手下として使える者、ということは検校ではござらんか」

源之助の考えに、

「なるほど、検校か」

笹森はうなずいた。

「決めつけられませんがな。もしくは、検校のように按摩を自在に使うことができる者ということであろうと」

源之助は続ける。

「ならば、早速、明日から検校を調べましょうぞ。さしずめ神田に住まいする三好検校」

「望むところですが、寺社奉行さまの了解が必要ですな」

「蔵間殿、意外と慎重ですな。寺社奉行さまのうち、大河原播磨守さまは、闇奉行摘発を発案された。ならば、大河原さまは御了解くださるものと存じます。拙者が大河原さまに願い出ます」

笹森は言った。

「頼みます」

源之助は頭を下げた。

それにしても、まんまと出し抜かれてしまったものだ。言い訳できない大きな失点である。闇奉行の正体が薄っすらとであるがわかってきた。しかし、それであるからこそ、益々わからないのは闇奉行の目的である。

何故、法の網をすりぬけた悪党を退治したいのだ。そんなことをして何の利益があるというのだ。単なる正義感だけではないだろう。

不意に笹森が、

「蔵間殿は、法の裁きを受けぬ悪党がいたとしたら、そして、その悪党が身近にいたとしたら、見過ごされますか」

笹森からとは思えない問いかけに一瞬戸惑ったが、

「八丁堀同心である以上、お裁きに従うのは当然でござる」

きっぱりと答えた。

「生かしておけば、間違いなく悪事を繰り返すことがわかっていたとしてもでござるか」

「我らは、起きた罪を取り締まる者でござる」

「ならば、その悪党による犠牲者が出てもかまわぬと」

「かまわぬとは思いませぬ」

「ならば、もし身内が殺されたのだとしたらいかがですかな」

笹森は視線をじっと源之助の目に向けてきた。

笹森十四郎、何が言いたいのだ。自分を試しているのか。蔵間源之助は闇奉行に与《くみ》するかどうかを確かめているということか。

問いかけへの答えと笹森の意図を読むことが重なり、時が過ぎた。

「それは……」

源之助がじりじりとしていると、

「いや、これは失礼した。拙者はどうでござろうな。身内が危害を加えられるようなことがあったとしたら、果たして自分の気持ちを止めることができるか。自信がありませんな」

笹森は苦笑を浮かべた。

それが正直な気持ちであろう。自分の答えはあまりに形式ばり、外聞を憚ったものであったと少し恥ずかしくなった。笹森の言葉こそが正直な気持ちだろう。

そうだ。

理性を保ち続けることができるのだろうか。

八丁堀同心としての立場を守り続けることなどができるのだろうか。

闇奉行が庶民たちの支持《しじ》を得ているのは、憂さ晴らしに加えて、この世の悪をのさばらせる奉行所への不満があるからに違いない。

とすれば闇奉行、これからも益々己が所業を繰り返す。
それはとりもなおさず、法と秩序への挑戦である。

# 第三章　妻の受難

## 一

八丁堀の組屋敷に戻った。

玄関を入るとがらんとしている。

声をかけるも久恵の声が返されない。湯屋にでも行っているのだろうと、式台に上がり居間に向かった。

「ただ今、戻った」

行灯の灯火に浮かぶ居間は薄ら寒い。みすみす闇奉行に出し抜かれた屈辱が寂しさを助長させている。空腹は感じなかった。このまま寝てしまいたかったが、久恵を待つことにしよう。たまには待つ身になってみるべきだ。

居間で横になっていると、

「お父上さま」

美津の声が響いた。明るい人柄ゆえの大きな声だが、いつもの朗らかさが感じられない。

「どうした」

むっくりと半身を起こした。

胸騒ぎがした。源太郎の身に何かあったのか。居間を出て急ぎ足で廊下を玄関に向かう。玄関に立つ美津の顔は蒼白だった。唇を震わせ、歯が嚙み合わない。

「いかがしたのだ」

なるべく冷静に語りかけた。ただでさえ心乱している美津を萎縮させてはならない。それに、美津は兄兵庫助譲りの勝気な女である。それがこうまで興奮しているからには、やはり、源太郎の身に何かあったのではないか。

美津は気を落ち着かせてしっかりと源之助を見つめ、

「お母上さまが、乱暴されました」

「久恵が……」

源之助は言葉の意味がわからずその言葉を反芻《はんすう》したがすぐに、

「久恵は、今どこにおるのだ」

「百瀬《ももせ》先生の診療所に……」

美津が答えきる前に源之助は走りだした。

百瀬松英《しょうえい》は八丁堀の与力組屋敷に診療所を構える医者である。八丁堀には、百瀬のように診療所を構える医者は珍しくない。安全さから与力や同心の組屋敷内の土地を借りて営んでいる。

源之助は屋敷を飛び出すと夜道を走り、百瀬の診療所へと向かう。

「久恵……」

襲われてどうなったのか、どんな具合かは敢えて尋ねなかった。美津の口からより、自分の目で確かめたい。診療所にいるということは、きっと無事なのだろう。いや、無事に違いない、と自分に言い聞かせた。

源之助は走りに走った。一町ほど離れているだけから歩いてもすぐ着くのだが、気が急《せ》いていてとても歩いてなどいられない。

程なくして、百瀬の診療所に飛び込む。

「蔵間です。百瀬先生！」

入るなり叫び立てた。

白髪混じり、黒の十徳《じっとく》姿の百瀬松英が出て来た。八丁堀界隈では腕がいいと評判の初老の医師だ。

「先生、家内は……」

すがるような思いで目を向ける。百瀬は軽くうなずくと、

「蔵間さん、どうぞ」

と、源之助を案内し、奥の小部屋へと入って行った。患者のいない診療所内は静かだ。床が軋《きし》む足音が静寂さを際立たせる。

久恵は布団に寝かされていた。枕元には源太郎が座していた。源之助に向けた顔は険しい。久恵の顔にはさらしが巻かれている。さらしは真っ赤に染まっており、隙間から覗く両眼は閉じられていた。相当な出血だ。さらしが巻かれているためわからないが、顔面は血の気が失せているだろう。

「父上」

源太郎は悲痛な声を漏らした。

「いかがじゃ」

努《つと》めて落ち着いて問いかける。

「命は……大丈夫でございます」

「そうか……」

源之助はため息を漏らした。気の重さゆえか白い息となって横に流れる。

源太郎が久恵は湯屋に行く途中に暴漢に襲われ、棒のようなもので殴られた上に、巾着を取られたことを話した。

「なんと」

八丁堀界隈といえば、町奉行所の与力、同心の組屋敷が建ち並んでいることは周知のことだ。その八丁堀で、久恵が八丁堀同心の妻だと知った上での犯行であったかどうかはともかく、凶行に及んだということは下手人が大胆極まりない男であることを物語っていた。

「まったく、とんでもない男でございます」

源太郎が盛んに下手人をなじった。

「して、久恵はまこと大丈夫なのだな」

下手人よりも妻の身が案じられる。そのことは源太郎にも伝わったようで、

「ともかく、命に別状はないようです」

と、繰り返した。

「そのことは聞いた」

つい、言葉を荒らげてしまった。

「わたしが聞きたいのは、頭の傷ということじゃ。今後の暮らしに差しさわりがあるのではないのか」

不覚にも源太郎に当たってしまった。源太郎に罪はない。悪いのは久恵をこんな目に遭わせた輩なのだが、怒りの矛先《ほこさき》を向けてしまった。源之助の苛立ちは源太郎も理解し、申し訳ございません、と詫びてから、

「百瀬先生のお話では、なんともわからないとのことでございます」

「そうか」

医者にわからないものが源太郎にわかるはずはない。そこへ百瀬が入って来た。源之助と源太郎に、

「このたびは、とんだことで」

久恵の災難を気遣ってから、傷について説明をしてくれた。

「額でござる」

百瀬は自分の額を指さす。さらしが血に染まっているのは、

「鼻でございますな」

久恵の鼻が折れているそうだ。

源太郎が拳を握り締めた。

「鼻は出血が激しいので痛々しいことこの上なく、それはむごたらしいものですがな、案外と見かけほどには深刻なものではござらん。注意せねばならぬのは額の傷、深手《ふかで》でございます。どうにか手当はし、命には別条はございませんが、なにしろ、脳というものは非常に微妙なものでしてな」

百瀬が言うには頭の傷が元で、口をきけなくなったり、記憶をなくしたりする者もいるそうだ。

「ですから、目が覚め、体力が回復されるのを待つしかございません。今は、安静を保つことが肝要でございます。お辛いでしょうが、待つしかござらん」

百瀬の口調は淡々としており、それが診立てへの信頼を深める。

「かたじけない」

源之助が礼を述べると源太郎もこくりと頭を下げた。

「では、自宅へ引き取ります」

源之助は言ったが、

「いけませぬ、動かしてはいけない」

百瀬は首を横に振り、

「ですが、御迷惑が」

「患者にかけられる迷惑は医者なら当然のことでござる」

百瀬の好々爺然とした面持ちが安心感を与えてくれた。医者はこういう時にこそ、真価を発揮するのであろう。

「父上、ここは百瀬先生に甘えましょう。美津を看病に通わせます」

源太郎の言葉に源之助はうなずいた。

「お願い致す」

源之助は改めて百瀬に頭を下げた。

「なんの、蔵間殿、完全に治るとは無責任な言葉ゆえ、申せませんがな、それでも、最善を尽くします。わしは、五年前に八丁堀の屋敷に診療所を出させてもらった。それまでは、近江国観音寺藩大河原家の典医を務めておりました。三男要之助《ようのすけ》さまが病に罹られ、わたしは風邪《かぜ》だと診立て、二、三日で平癒されると考えたのですが、その晩のうちに息を引き取ってしまわれました。誤った診立てを痛感し、大河原家を去りました。典医を辞めても要之助さまは生き返りません。悩んだ末、自分の生きる道は医術しかないと、町医者として歩み始めたのです。そんなわたしを八丁堀のみなさまは暖かく迎えてくださった。八丁堀の与力、同心のみなさんのお蔭で、盗人に入られることもなく、やくざ者に言いがかりをつけられることもなく、医者として無事過ごしてまいりました。これからは、八丁堀のみなさんに恩返しをしなければと思っております」

胸に染みる言葉だ。

「百瀬先生は大河原さまのご典医であられましたか」

源之助に影御用を命じた大河原播磨守元信は百瀬が風邪と診立てを誤った要之助の弟である。要之助の死によって誠之助、すなわち元信が家督を継いだのだ。百瀬が大河原家のご典医であったとは意外だが、そこに縁を感じ、百瀬への信頼を一層深め、加えて親近感を抱いた。

「大河原さまを御存じですか」

影御用のことは表沙汰にできない。真摯《しんし》に久恵の治療に当たってくれる百瀬を欺くのは心苦しいが、取り繕わねばならない。

「大河原さまは、不正を行う寺を次々と摘発され、まこと評判のお方。老中になって欲しいと、町人からも声が上がっておりますから、お名前はよく存じております」

百瀬はうなずくと、

「こんなことを申しては地下に眠る要之助さまに申し訳ないのですが、誠之助さまが要之助さまに代わって大河原家の家督を継がれ、今評判の活躍をなさっておられることが、せめてもの慰みです」

百瀬は静かに言った。

要之助を死なせたことを百瀬は背負い続け、一人でも多くの患者の命を救うことを自分に課しているようだ。

「まこと、百瀬先生はお医者の鑑《かがみ》のような」

心の底から思った。

「医者は患者の命を救うのが役目、蔵間殿ら同心方は悪人を捕まえ、町人の平穏な暮らしを守るのがお役目。人それぞれに領分というものがございますな。領分を持った者は幸いというものかもしれません。守れる領分があれば幸せ。領分をはみ出してしまうのが人というものかもしれません」

「まったくですな」

源之助がうなずくと、

「年寄りはいけませんな、偉そうに説教などたれてしまいました」

百瀬は照れたように頭を掻いた。

その時、久恵が呻き声を漏らした。百瀬が枕元に寄り、布団の中に両手を差し入れ

久恵の脈を取った。何度かうなずき、

「脈はしっかりしておりますぞ」

源之助と源太郎を安心させるように告げた。

「かたじけない」

源之助の胸に安堵と感謝の念が湧き上がってくる。百瀬に仕事というものを教えられたような気がする。合わせて、久恵のことを便利使いしてきた報いだと思えてくる。これからは大事にしてやろう。もっと様々な話をしてやろう。碁を覚えさせるのもいいか。

などという考えが脳裏に過《よぎ》るが、

「無理なさらないでください」

おそらく、久恵は源之助の気遣いを断るだろう。照れではない。これまでの暮らしに疑問などは感じていないのだ。八丁堀同心の家の生まれ、八丁堀同心の妻となったゆえの身の処し方が身体に沁みついている。

「久恵……」

さらしに巻かれた妻の顔を見直した。

物言わぬ妻が愛《いと》おしくてならない。

「父上、必ず、下手人を挙げます」

源太郎の目には決意の炎が立ち上っていた。

二

あくる十八日、奉行所の居眠り番に出仕すると筆頭同心の緒方小五郎《おがたこごろう》が顔を出した。歳は源之助より三つ上、三十年近く例繰方《れいくりかた》に勤めていた。事務方一筋であったせいか、堅実で実直な人柄だ。源之助が姓名掛に左遷されたのを機に定町廻りを統括する筆頭同心になった。当初は現場経験が乏しいことを気にしていたが、今ではすっかり馴染み、同心たちを的確に指揮している。

それだけに、弁天屋光右衛門が解き放ちとなったことは源太郎以上に自分の落ち度と受け止め、このところ元気がなく元々白髪交じりであったのが目立って増えたようだ。

緒方の顔は明らかに久恵のことでやって来たことを物語るかのように厳しい。

「蔵間殿、このたびの災難、心よりお見舞い申し上げる」

「お気遣いご無用でござる。幸いにも命に別状はなし。しばらく安静にしておれば、元の通り健やかになるとのことでござりますのでな」

「それはよろしゅうござった」

「さすがに、さらしでぐるぐる巻きになった家内を見た時は驚き入りましたが、百瀬先生の治療に間違いはなく、さほど心配せずともよいとわかり、ほっとしたところでござる」

源之助は付け加えた。

「本当によかった、それで、下手人探索でござるが、源太郎が是非ともやらしてくれと申し出てまいりましたので、わたしは任せようと存じます」

すると源之助は表情を落ち着かせ、

「それには賛成できませぬ。もちろん、緒方殿が決めたことにどうこう申せる立場にはござらんが、源太郎を充《あ》てるのはよくないと存じます」

「と、おっしゃいますと」

緒方の目が戸惑いに揺れた。

「源太郎が探索に当たることで、定町廻りが乱れます。役目に私情を挟んではなりません。あくまで、八丁堀同心としての定石、地道な聞き込みで証を固め、探索を進めるべきです。わたしの妻が被害者だからといって、息子が下手人探索に当たるというのは、いかにも、体裁が悪うござる。北町は身贔屓《みびいき》をしていると、とられかねません。ただでさえ闇奉行なるお裁きや法を無視した不逞の悪人が世の喝采を浴びております。そんな中、奉行所までが秩序を乱してはなりません。領分を逸脱してはならないのです」

百瀬の受け売りの言葉を使ってしまった。

「いかにも、おっしゃる通り。蔵間殿、さすがでござるな。いや、わしが間違っておった」

緒方は二度、三度首肯《しゅこう》して思案の後、

「ならば、牧村に任せます」

「新之助でござるか。むろん、わたしに異存はござらん」

牧村新之助はかつて筆頭同心をしていた頃、特に目をかけて厳しく育成した男である。あの男なら間違いない。

「では、牧村に任せるということで」

緒方は腰を上げ戸口に向かった。

と、

「緒方殿」

呼び止めた。

緒方は穏やかな顔で振り返る。

「お心遣いに感謝申します」

源之助は両手を膝に置いて頭を下げた。

緒方はにっこりほほ笑んでから去って行った。

「ふう」

ため息が漏れた。

いやな思いではない、むしろすがすがしい気分だ。奉行所は法で営まれる、しかし、営むのは人である。人である限り、気持ちというものがある。それゆえに、様々な軋《あつ》轢《れき》、問題も生じるが、反面、喜びを分かち合うこともできるのだ。人は一人では生きてはいけない。お互いを気遣いつつ、他人の領分に土足で踏み込んで荒し回るような蛮行には気を付けつつも、侵さないためにも、自分の考え、気持ちをぶつけ合い、それによって気遣うことが何よりも大事なのだ。

源之助はそんなことを思いながら、しばし時を過ごした。

すると、

「失礼します」

新之助が入ってきた。

「昨晩のこと……」

新之助はまず久恵の見舞いを述べてから、

「それで、緒方殿よりわたしが下手人探索をせよとの命《めい》を受けました」

「頼む」

源之助は頭を下げた。

「おやめください。あくまで、八丁堀同心の本分を尽くすだけです」

そうだった。

私情を挟んではならない、と緒方に言い、自分にも言い聞かせたばかりではないか。久恵を襲った下手人探索といえど奉行所にとっては傷害、強盗事件の一つに過ぎないのだ。

ところが、

「必ず下手人を挙げます」

新之助の目は決意に満ち満ちていた。練達の域には達していないが、経験を積んだ同心の新之助が気負っている。源之助への気遣いとは思うが、諫めなければならない。

「気持ちはありがたいが、気負うな」

「わかっております」

新之助は心配ないと言いたげだが、

「お主のことだ、よもや職務を逸脱した探索を行うとは思えないが、老婆心《ろうばしん》ながら申す。逸脱した探索を行っては、八丁堀同心として失格だということを思って欲しい。いくら、わたしの家内が乱暴されようとそのことで普段と異なる探索をしてはならない」

「承知しました。決して気負わず、八丁堀同心の職務を全うします。蔵間殿が心配なさるのは闇奉行のことでございましょう。あのような、裁きや法を無視した行いが許せないのでございましょう」

「新之助はいかに思う」

「わたしも、闇奉行はこの世に真に災いをもたらす者であると思います」

「真の災いとはなんだ」

「法や秩序がなくなる、そう、戦国の世。つまり、力ある者がこの世を支配し、裁きを与えるという世の中を、町人たちが待ち望むようになることです」

新之助の顔は不安に彩られる。

「わたしも同じ考えだ」

「今は、平穏ゆえ、戦国の世の怖さがわからないのでございます。戦国の世の豪傑たちに喝采を送るのと同じ気分で闇奉行を囃《はや》し立てるのが庶民です。野次馬なのです。太閤記《たいこうき》姉川《あねがわ》の戦いに出てくる北国の豪傑真柄《まがら》十郎左衛門《じゅうろうざえもん》の活躍を面白がるのと同じ気持ちで、闇奉行の所業をほめそやしておるのです。今のうちはそれでいいかもしれない。しかし、この先、闇奉行が殺しを続けたなら、そして、町人どもが闇奉行の尻馬に乗って喝采を送り続けたのなら、恐ろしい世を迎えることになるのではないでしょうか」

新之助はいつになく饒舌《じょうぜつ》だ。

「八丁堀同心として闇奉行への強い怒りを感じているようだ。八丁堀同心の領分をわきまえた言葉だな。決して、居心地のよい言葉に惑わされることのない、正しい判断だとわたしも思う」

源之助は言った。

「そこまで褒められると、尻が痒《かゆ》くなります」

「そのこと、源太郎もわかっておってくれればいいのだがな」

「蔵間殿とはどのような話をしておるのですか」

「あいつは、このところわたしの話を聞こうとはしない。わたしを煙たがっておるのだ。それも無理はない。若い者とはそうしたものだ。親を年寄り扱いしたり、小言《こごと》を嫌う。考えてみればわたしも源太郎の時分には同じだった。父を避け、ひたすらに自分が正しいと思ったものだ」

源之助は照れたように頭を掻いた。

「では、これにて」

「頼んだぞ」

源之助は新之助を見送り小机に向かった。向かったといっても、何をすることもないのだが。

すると、

「御免」

という声が戸口でした。

顔を向けると小人目付笹森十四郎である。笹森は軽く会釈をしてから入って来た。畳で正座をして、

「蔵間殿、昨晩のお内儀の災難とんだことでござったな」

まずは見舞の言葉を口に出した。

「そのことはお気遣い無用でござる」

源之助は笹森に向き直る。笹森は、

「寺社奉行大河原播磨守さまより、三好検校との面談の段取りをつけてもらいました」

「さすがは笹森殿ですな」

実際、笹森の切れ者ぶりに感じ入ってしまった。あれから、上役である目付を通じてであろうか、迅速に大河原播磨守への根回しを完了させてしまった。やはり笹森十四郎という男、仕事に抜かりはない。

それに、巷間《こうかん》流布されている大河原播磨守元信と三好検校との物語は大袈裟ではあっても、二人が懇意なのは本当かもしれない。

「明日、三好検校さまのお屋敷を訪問することになりました」

「承知しました」

「蔵間殿は闇奉行に会ったことがござるとのこと、よって三好検校さまに面と向かえば、検校さまが闇奉行であるかどうかはおわかりになりましょう」

笹森は期待を込めた目をした。

目隠しされての会見であったため自信はないが、あの地の底から湧き出てきたような不気味な声は忘れようがない。言葉を交わすことができれば三好検校が闇奉行かどうかはわかるだろう。

「もし、三好検校が闇奉行であったなら、いかがなさる。その場で押さえるか、斬るか、それとも、後日捕物出役を行うのか」

源之助は問うた。

「その場で判断致す。敵陣に乗り込むわけですから死は覚悟の上、場合によっては刺し違える所存」

笹森は決意を示した。

「闇奉行相手に命を落とすことはござらん。三好検校が闇奉行とわかった時点で、寺社奉行大河原播磨守さまに報告し、捕らえていただくのがよいと存じます。そして、お裁きを受けさせ、法と秩序によって処罰する。天罰でも私刑でもなく、きちんとした裁きの下《もと》に罰するのです。いくら、大河原さまが三好検校と懇意にしておられようと、公私の区別はされよう。それに、寺社奉行と申さば、老中への登竜門、そんなご自分のお立場、ご出世に差し障るようなことはなさらぬと存じます」

源之助は言葉に熱が籠る余り、半身を乗り出した。

「なるほど、さすがは蔵間殿。もっともなるお言葉、感服致した」

笹森は頭を下げた。

三

源太郎は京次と共に北町奉行所の長屋門前で新之助を待った。待つほどもなく、新之助がやって来た。新之助は源太郎の顔を見て、

「不満か」

と、言った。

「本音を申せば、不満です。母に危害を加えた下手人をこの手で挙げたいと思います。しかし、わたしは八丁堀同心、上が決めたことに異議を申し立てるつもりはございません。但《ただ》し、一つだけお願いがあります」

源太郎が言うと京次が一歩前に出た。

「京次を使ってください」

京次も、

「あっしも、お役に立ちてえんです。足手まといにならないようにしますんで、どうかよろしくお願いします」

すると新之助は、

「足手まといどころか、頼りにするぞ」

「かたじけない」

源太郎が言うと、

「感謝は下手人を挙げてからだ」

と、源太郎の肩を叩いた。

新之助と京次は早速、八丁堀界隈の聞き込みを行った。勝手知ったる庭同然の地元とあって、順調に聞き込みは進んだ。源之助の組屋敷から亀の湯まではおよそ一町、久恵が倒れていたのは、真ん中辺りだ。夜四つ、通行人は少なかったが、怪しい男が浮上した。

楓川に架かる橋の袂にある縄暖簾独楽である。新之助も何度か訪れたことがあるとあって主人の木助《きすけ》は気さくに応じてくれた。

「蔵間さまのお内儀さまが、災難に遭われたそうで」

木助も久恵の身を案じていることから探索にも積極的に応じてくれた。

「店に妙な野郎が来ましたよ」

木助が言うには、昨晩の宵五つ（午後八時）を過ぎてからやって来たそうだ。

「ふらっと入って来て、最初のうちは大人しく飲んでいたんですがね、酔いが回ると、気が大きくなったんでしょうかね、自分は島帰りだ、なんて、くだを巻き始めたんです」

男は着物の袖を捲《まく》って二の腕を見せつけた。罪人の証である二本線の入れ墨を見せつけたという。

「厄介事を起こされてはかないませんので、勘定を払ってくれって、お願いしたんです」

そうすると、男は今は持ち合わせがないが、必ず払うからつけといてくれと言った。

「あてになんかしませんでした。嘘に決まっているって思いましたが、これ以上、店にいてもらいたくありませんでしたんで、そのまま返しました」

店にしてみればこれですめば、性質《たち》の悪い酔っ払いで終わったのだが、

「ところがでございます」

木助は声の調子を落とした。

「どうした」

京次が興味を示した。

「その男、四半時もせずに戻ってまいりまして、今度は銭を持ってるから飲ませろっ

　つけにしていた分の銭を払った上に、

「前金だって」

　銭を置いて、再び飲み始めたのだそうだ。

「それで、べろべろに酔っ払いまして。そう、一升も飲みましたかね、千鳥足で出て行ったのでございます」

　木助は言った。

「まさしく、お内儀さまが襲われた頃ですぜ」

　京次が言う。

　新之助も異存がない。その男の足取りを追うことになった。

「ありがとうな」

　新之助が礼を述べると、

「一刻も早く、平癒なさること祈っております」

　木助は言った。

　二人は縄暖簾を出て男の足取りを追った。

男の足取りはあっさりと摑めた。縄暖簾を出てから、酔っ払って大騒ぎをしながら歩いて行く男を見た者が何人もいたのだ。男はこの近くの稲荷《いなり》へと入って行ったそうだ。

どこにもあるような小さな稲荷である。

鳥居を潜り狭い境内を横切る。鬱蒼と樹木が茂っているため、昼間だというのに薄暗く、寒々としている。二人は境内に足を踏み入れ、探索する断りを入れるべく賽銭《さいせん》箱《ばこ》に銭を投げ、両手を合わせてから、祠《ほこら》を覗く。

男が横たわっている。剝き出しになった二の腕には二本線の入れ墨が施してあった。縄暖簾の男に違いない。

観音扉を開け、京次が中に入った。

「おい、起きろ」

声をかけると同時に足を蹴飛ばした。男は寝返りを打ったものの、うめくだけで起きようとはしない。

「起きろ」

新之助が怒鳴った。

男はもごもごと口を動かし、やがてむっくりと半身を起こした。次いで、薄目を開け、眠そうに袖でこする。

すると、新之助も京次も共に声を揃え、

「六平《ろっぺい》」

と、声を上げた。

六平はまぶしそうに眼をしょぼしょぼとさせた。八年前、上野池之端の縄暖簾で泥酔して暴れ、店に損害を与えたばかりか三人の男に怪我を負わせ、源之助と新之助が捕縛した男であった。それ以前にも何度も酔っては喧嘩を繰り返していた。通称どぶ六、池之端《いけのはた》界隈では性質《たち》の悪い酔っ払いとして知られてもいた。

島帰りとはこいつのことだったのかと、新之助も京次も意外な思いを抱いたのだった。

「ああ……牧村の旦那……」

六平は新之助のことを覚えていたようだ。続いて、

「こりゃ、しばらくですね」

とんちんかんなことを言った。酒臭い息を吐きながら、顔は殊勝だ。

「おまえ、まともな暮らしはしていないな」

新之助が言うと、

「島帰りじゃ、ろくな仕事にありつけませんや」

「おまえが言うろくな仕事が何かは知らんが、だからといって、飲んだくれていて、いいものではない。昨晩、どこにいた」

「覚えちゃいませんや」

六平は大きくあくびをした。京次が頬にびんたを食らわせた。明らかに京次も気負っているが、新之助は咎めはしなかった。こいつの口を割らせることを優先させたのだ。

「てめえ、舐めるんじゃねえぞ」

「舐めてねえですよ」

六平の目が泳ぐ。

「だったら、まともに答えろ。昨日の晩、どこにいたんだ」

京次は再び平手打ちを繰り出さんばかりの勢いだ。

「飲んでましたよ」

「どこでだ」

「八丁堀です」

「八丁堀のどこだ」

「さあ、どこでしたかね」

六平の答えに京次が顔を歪めたところで、

「よし、番屋で続きは聞く」

新之助が言った。

このままでは京次が熱くなるばかりだ。一息入れた方がいい。

「勘弁してくだせえよ」

六平は抵抗したが京次が十手を見せると、大人しく従った。

「やましいことをしていなかったら、すぐに帰ることができるぞ」

新之助は言った。

「わかりましよ」

六平はふて腐れた。

「馬鹿野郎」

京次が頭を小突いた。

六平を自身番に引っ張って来た。

土間に正座をさせ、改めて取り調べに入った。

「まったく、濡れ衣もいいところだぜ。近頃の御奉行所はなってないんじゃないのか」

六平は開き直った。

「てめえ」

京次が激昂したのを新之助がなだめる。続いて、

「持ち物を検《あらた》めろ」

京次に言うと京次は六平を立たせ、

「脱げよ」

「寒いじゃありませんか」

六平はふてぶてしい態度で腰の帯に手を伸ばしたが、ちんたらとしておりいかにも反抗的な態度であった。

「早く脱げ」

京次は苛立ちの余り六平の角帯を無理やりに引っ張った。六平はだらしなく前をはだけ露骨に顔を歪めた。京次はかまわず、着物を調べた。すぐに、袖から巾着が出てきた。千鳥格子柄、明らかに女物の巾着である。

「なんだ、これ」

京次が巾着を取り上げ、六平の鼻先に突きつけた。

「巾着ですよ」

けろっと答えた六平の頰を京次は平手で打とうとしたが新之助がその手を止めた。

次いで、下がっているように目で促す。

「これ、女物だな」

新之助が問いかける。

「いいじゃねえですか。女物を男が使っちゃあいけねって、そんな決まりでもあるんですかね」

六平はへらへらと笑った。

新之助はそれを無視して、

「この巾着をどうしたのだ」

「買いましたよ」

「どこでだ」

「忘れましたよ。多分、日本橋の小間物屋だったんじゃないですか」

鼻毛を抜きながら答える六平の態度は不遜極まるものだった。

# 四

「これ以上ふざけると承知しないぞ」

新之助は低い声ながら鋭い目つきで睨みすえた。六平の目に怯《おび》えの色が浮かんだ。

「拾ったんですよ。八丁堀の御屋敷街で」

「いい加減なことを申すな」

新之助がねめつける。六平はおずおずと語った。

「縄暖簾で一杯引っかけて、いい心持ちになって、もっと、飲みたくなったのと、相談事があって蔵間の旦那の家に向かったんです」

六平は島帰りということで職に就くことができず、銭の無心をしようと源之助を訪ねたそうだ。捕縛し、取り調べを通じて源之助の人となりに感じ入り、島から帰った挨拶に行こうとも思っていたと付け加えた。

「蔵間殿に、まこと職を斡旋して欲しいと思ったのだな」

「島帰りの身ですからね、ろくな仕事はありません」

「ろくな仕事とはなんだ」

「そりゃ、銭になる仕事でさあ。月に十日ばかり働いて、酒が飲めりゃそれでいいんですがね」

六平は身勝手な話をした。

「それで、蔵間殿の屋敷を訪ねてどうした」

「お留守でしたんでね、お帰りになるまで待つことにしたんですよ」

六平は往来でぶらぶらしていたそうだ。

「ぶらぶらか」

新之助は静かに問いかける。六平は黙り込んだ。

「それで、この巾着を拾ったのか」

「へ、へい」

「拾った状況を詳しく申せ」

新之助の声には怒気が含まれていた。六平はしどろもどろとなった。

「どうした」

新之助が詰め寄る。

六平はうなだれていたが、やがて、ぽつりぽつりと語り始めた。

それによると、六平は源之助が帰るのを待っていた。そのうちに、家から久恵が出て来た。六平が久恵から銭を借りようと思ったが、言うことを聞かせようと棒切れを持っていた。金を貸せと迫ったが、久恵に抵抗されたために棒切れで殴りつけ、巾着を奪ったのだった。

「銭が欲しかったということもありますがね、蔵間の旦那のことが、頭に浮かんで、あの旦那にお縄にされたんですからね」

六平は酔っていたせいで、源之助へ感謝の念が一転、捕縛された恨みが湧き上がってきたのだそうだ。

新之助と京次は久恵襲撃の下手人を挙げることができ、まずはほっとした。

二人は奉行所に戻ると、居眠り番に顔を出して源之助に六平捕縛を報告した。

「ご苦労だった」

源之助は私情を差し挟むのは控えるべきだと思ったが、湧き上がる喜びを抑えることができない。やはり、新之助が探索を行うことは正解だった。

「して、下手人は何者であった」

「蔵間殿、覚えておられるでしょう。六平、通称どぶ六、上野の一膳飯屋で喧嘩騒ぎを起こして引っくくった男です」

新之助が言うと、

「どぶ六か」

源之助は視線を天井に這わせ思案を巡らせた。六平の顔を思い出す。おぼろげながら顔と捕縛した時の様子が思い浮かんだ。

「あいつは、普段は大人しいのに、酔うと手がつけられない野良犬のようになる男だったな。気の弱さを酒でごまかしておった」

「お内儀を襲った時にも、酔った勢いでやったということです」

新之助は言った。

「酔った上の狼藉《ろうぜき》か」

源之助はふと、胸騒ぎが起きた。

六平は酔っ払うと手がつけられない男であったが、相手を選んで喧嘩をふっかけていた。自分よりも身体が小さくて弱そうな者を相手にし、侍だとか身分ある者には及び腰であった。

そんな六平が久恵を襲った。

自分をお縄にした源之助のことを思い出し、恨みを思い出して久恵を襲ったということだが、いくら酔っていたとはいえ、八丁堀同心の身内に乱暴を働くものだろうか。

久恵は女だと舐《な》めてかかったのだろうか。疑問に感ずるが、六平は自分がやったと認めたのだ。

島で苦労し、赦免《しゃめん》されて江戸に戻ったのはいいが、ろくな仕事にありつけず、酒に逃げた。源之助を頼ろうとしたが、留守で代わりに久恵を襲った。身勝手な理屈であるが、源之助にすがろうと思ったのが、裏切られた思いに至ったのではないか。

考えられなくはない。

「六平、間違いなく自分がやったと認めたのだな」

「はい」

新之助の顔には不安は微塵もなかった。

源之助もそれ以上は追及しなかった。

新之助が居眠り番を出て行ってからしばらくしてから美津がやって来た。久恵の様子を教えにきてくれたのだろう。

美津は重箱の包みを小机に置いた。弁当のようだ。

「すまんな」

源之助が礼を述べると、

「お母上さまにはかないませんが、我慢して召し上がってくださいね」

美津は言った。

「ありがたく味わう」

返事をしたところで美津が久恵の容態を語った。

「お母上さまは、平癒に向かっておられます」

「目は覚ましたのか」

「それはまだですが」

美津は言い淀んだ。はきはきと物を言う美津が口ごもっていることは、久恵の回復ぶりが思わしくないことを窺わせた。

「わかった。わたしも帰りがけに立ち寄る」

「是非、そうしてください」

美津はぺこりと頭を下げると居眠り番を出て行った。

重箱を引き寄せた。

美津の好意はありがたいし、美津は料理の腕は抜群だ。それでも、箸をつける気がしない。

久恵の様子が気になって仕方がないのだ。久恵には百瀬や美津がついている。自分が行ったところで、何もしてやれないのだが、それでも、傍に居てやりたい。そっとしておいた方がいいのかもしれないが、居てやりたくなった。

すぐに行ってやりたいが、今は勤務中だ。

居眠り番、何もやることはないのだが、役目は役目だ。秩序を乱してはならない。

いや、意地になることはない。

こんな時に意地を張っているのは愚かな行為だ。八丁堀同心として、それ以前に人として、夫として生死を彷徨《さまよ》う妻の傍にいてやることは当然ではないか。これは言い訳ではない。いや、言い訳でもいい。久恵の顔を見てやりたい。

もし、留守をしていなかったら、六平は自分が応対していた。その場合、自分はあいつに銭をやっただろうか。怒りに任せて追い返したかもしれない。諄々《じゅんじゅん》と諭した上にいくばくかの銭をやって帰したのかもしれない。

いずれにしても、久恵が暴行されることはなかっただろう。久恵は自分の身代わりになったとも考えられる。

やはり、こうしては居られない。

源之助は居眠り番を出ると、百瀬の診療所へ向かった。急ぎ足で歩き、四半時と要することなく診療所に到着した。

百瀬は大勢の患者の診療に当たっていたが、源之助に気付くと無言の会釈をくれた。源之助も挨拶を返して診療所を横切り、奥の小部屋へと向かった。

小部屋には美津が久恵の枕元で座っている。

「お父上さま」

源之助には笑顔を送ってきたが、久恵を見る顔つきは心配に彩られていた。真新しいさらしの隙間から覗く目は閉じられたままだ。

「お母上さま、お父上さまがいらっしゃいましたよ」

美津が声をかけても、久恵は無言のままだ。それでも、

「お母上さま、うれしそうですよ」

美津は気遣ってくれているのだろう。久恵の意識は戻っていない。

「久恵……」

源之助は何か言葉をかけてやりたかったが、口から出てこない。来る道々、どんなことを話そうか考えてきたのだ。いくつか思い浮かんだのだが、いざ、病床の久恵を目にすると言葉にならない。うろたえているとは、我ながら情けないと自分を責める。

無言で妻の顔を見下ろした。話ができないとなると重苦しい空気が漂う。美津もあ

れこれ言おうとするのだが、気が差すのか、言葉に出せないでいた。ふと見ると、左手が布団から出ている。

源之助はその手を布団に戻そうとした。すると、妻の手の温もりが感じられた。源之助は布団に戻すことなく、両手で握り締めた。

久恵の意識は戻らない。

それでも、手の温もりが妻は生きていることを伝えてくれる。何も言わずに握り続けた。美津がにっこり微笑んだ。

五

夕刻、源之助は屋敷に戻った。

一人きりである。帰宅しても久恵とはろくに口を利いたことはなかった。それでも、居るだけで顔を見ただけで、安心感を抱いたものだ。それは、久恵とても同じことだろう。

ぽつんと一人、何をするでもなく寝間に向かった。

布団を敷き、ごろんと横になった。瞼を閉じる。久恵の顔が脳裏を過《よぎ》る。右手に残る久恵の温もりを感じる。普段は何も感じていなかったのだが、こういう時に妻のありがたみ、愛おしさを覚えるのは、あまりにも無責任なのかもしれない。

「駄目だな」

つい、弱気になってしまった。

妻の災難に打撃を受けている。自分はこんなにも弱い人間であったのかと恥じ入ってしまった。

すると、

「御免、夜分、畏れ入る」

という笹森十四郎の声が聞こえた。

今時分、何の用だろう。闇奉行か三好検校のことに決まっているのだが。

「しばし、待たれよ」

源之助は素早く寝巻を着替えて玄関に向かった。笹森が玄関に立っていた。笹森は夜分、畏れ入ると繰り返した。ついで、昼間に居眠り番を訪ねたが不在だったことを告げた。

「今日は早退しましたのでな」

「早退したのが、お内儀の見舞いであったのですな」

笹森は言った。

源之助は責められているようで、後ろめたい気持ちになった。

「ま、上がられよ」

笹森を誘うと、

「いや、こちらで結構」

笹森はきっぱりと答えた。

それから、

「三好検校さまとの面談、明日の予定でござったが、検校さまに火急の用向きが生じ、日延べとなった」

笹森はそれをわざわざ教えに来てくれたというわけだ。

「わざわざ、かたじけない」

源之助が言うと、

「お内儀をひどい目に遭わせた下手人、捕まったようですな。これで、蔵間殿も心置きなく闇奉行探索の任に当たることができましょう」

笹森は帰ろうとしたがふと足を止めて、

「蔵間殿も身内が危害を加えられ、その下手人に対して、憎しみを抱かれるでしょうとさえ思えてきてしまった。
その手前、憎悪しているとは言い辛い。なんだか、自分が間違っていたのではないかと
笹森には法を守ること、お裁きに従うこと、秩序を破ることの間違いを語った。そ
返事に詰まった。
「それは……」
な」

「いや、愚問でしたな。身内に害を及ぼす者に対しての思いは、八丁堀同心としての立場とは異なるものでござろう。お気持ち、お察し申し上げる」

笹森は一礼すると足早に立ち去った。

なんとも言えない気分に包まれた。


翌十九日は非番であった。

源之助は美津には久恵の看病に行かなくともよいと言い置いて百瀬の診療所へと向かった。診療所の小部屋に入ると、百瀬が久恵の枕元に座っていた。

百瀬が真新しいさらしを付け替えるところだ。久恵の顔は見るに堪えないもので、思わず顔をそむけようとしたが、それでは、久恵の苦悩を知ってやることができない

と自分に言い聞かせ、しっかりと両目を見開いて妻の顔を見た。

鼻がへしゃげ、額から右の目の周りが青黒く痣《あざ》になっている。百瀬は塗り薬を顔につけ、上半身を起こそうとした。源之助が両手を差し伸べて久恵の身体を支えた。久恵の息遣いが聞こえた。百瀬がさらしをゆっくりと巻いていった。

巻き終えたところで、源之助は久恵の身体を慎重に寝かしつける。すると、

「ううっ」

かすかに、久恵の声が聞こえてきた。

「久恵」

思わず問い返す。

するると、うめき声が聞こえた。いかにも苦しげで、久恵にこれ以上無理はさせられないと口を閉ざした。百瀬が、

「もっと、声をかけてさしあげてください」

本当にいいのかと目で問うと、百瀬は意識を取り戻させることが大事だと答えた。

「久恵、辛くはないか」

源之助が声をかける。

久恵は言葉を発しないものの、喉仏が微妙に震えた。

「久恵」

今度は肩を摑み、そっと揺さぶった。久恵は、

「旦那さま」

と、かすれるような声を返した。

「久恵、大丈夫か」

「はい」

久恵は気がついたようだ。布団の中でもぞもぞと動いていたが、

「無理はいけませぬ」

百瀬が制したため、

「寝ておれ」

源之助は優しく諫めた。

ほっとした。このまま、意識が戻らないのかと思った。言葉を交わすことができた。といっても、わずかに二言、三言、会話とはいえない挨拶程度なのだが、それでも十分に気持ちは通い合った。

いや、そう思っているのは源之助だけで、久恵にはそんな余裕はなかったのかもしれない。自己満足だろうと、気持ちが浮き立ってきた。

「これで、一安心ですな」

百瀬も喜んでくれた。

「ありがとうございます」

源之助が頭を下げると、

「わしの力ではござらん。蔵間殿の思いが届いたのでしょう。その思いを受け止めたお内儀のお力です。お内儀は必死で戦っておられたのですよ。医者というものは、それを手助けすることしかできませんでな、患者に生きようという気持ちがないと、いくら治療を施そうが、徒労に終わるばかりです」

百瀬の言葉が心に染みる。

「まだ、動かすことはできませぬが、焦らず、ゆるゆると休んでおられれば、必ずや平癒に向かわれることでしょう」

百瀬の言葉にうなずき、源之助は今日は終日、久恵の傍にいようと思った。

北町奉行所内、長屋門を入ってすぐ右手にある同心詰所で源太郎は新之助に礼を述べた。土間に並べられた縁台に向かい合って腰かけ、

「お手柄でございます」

「八丁堀で起きた事件であったからな、聞き込みもすんなりといき、下手人もすんなりと挙げることができた。不幸中の幸いであったな」

新之助は言った。

「それにしましても、迅速なる下手人の捕縛、新之助殿、さすがと感服致します」

「世辞はよせ」

新之助はかぶりを振った。

「世辞ではござらん」

源太郎が返したところで、

「お母上、いかがだ」

新之助が問いかけると源太郎はやや表情を強張らせたものの、

「大丈夫です。今日は、朝から父が看病に当たっております」

「蔵間殿、申してはなんだが、これまでの罪滅ぼしのおつもりなのではないのかな」

新之助が大まじめに言うと、

「そうなのかもしれません。父も母のありがたみがわかったのでしょう」

源太郎も心の底から同意した。

「ともかく、蔵間殿にはお内儀が平癒されるまで、役目のことは忘れていただきたいものだ」

「役目といっても、役目らしきものはございませんからな」

源太郎は、言ってから慌てて口を手で塞いだ。

「表向きの役目ではない」

新之助に言われ、

「そうでした。影御用でございますね」

「目下、影御用に携わっておられるのかな」

「わかりません。あまり、そのことは話さないものですから」

「源太郎の方も蔵間殿を避けておるのではないのか」

「はあ」

「これを機にと申してはお内儀に申し訳ないことであるが、お父上とじっくりと話をしてみてはどうだ。蔵間殿の捕物や探索のご苦労などを聞くのもよいと思うぞ。普段なら、照れてできないことも今ならできよう。共にお母上の看病をしてはどうだ」

新之助の目は優しげに緩んだ。

「さようでございますな」

源太郎もこのところ父を煙たがっていたことを思い、自分を諌めた。

「きっとだぞ」

新之助に肩を叩かれた。

六

五日後の二十四日の朝、源之助が居眠り番にいると、新之助と源太郎がやって来た。

二人とも表情が曇っている。それを見ただけでよからぬことがあったことがわかる。

今日は久恵の一件で六平の裁きがあったはずである。まさか、六平が解き放たれたということか。

源之助が危ぶみの顔を向けると新之助が、

「六平、解き放たれました」

と、言った。横で源太郎が悔しげに唇を噛んでいる。

源之助は自分に落ち着けと言い聞かせてから、

「どうしてだ」

「それが……。六平の奴、証言を翻《ひるがえ》しまして、自分は巾着を拾っただけだと言いだして」

「しかし、白状したのだろう」

「取り調べが厳しく、耐えきれなくなったと」

いくら、証言を翻そうが、自白し爪印を捺《お》したからにはその証言を簡単に覆《くつがえ》すことができるものではない。

「六平の証言がひっくり返っただけでは、六平とても解き放ちにはならないのですが、証人が現れたのです」

新之助は言った。

「証人……」

「通りがかりの幇間《ほうかん》と芸者が、お内儀が襲われた現場を見ておったとのこと」

二人の証言によると、久恵を殴打したのは浪人であったという。そこへ、六平が通りかかり、巾着を奪って行ったそうだ。

「その芸者と幇間、どうして黙っておったのだ」

「それが、怖くて言い出せなかったとか」

「そんな馬鹿な」

源之助は思わず吐き出した。

「申し訳ございません」

新之助は自分の探索が安易であったと詫びた。

「いや、おまえはよくやってくれた。わたしでも、六平の仕業に違いないとして裁きを受けさせたところだ」

源之助は言った。

「母上の証言が得られれば、よかったのですが」

源太郎は悪気がなく言ったのだろうが、その言葉は源之助にはひどく気にかかってしまった。

「母上のせいだと申すか」

源太郎がそんな意味で言ったのではないことはわかっている。わかっているが、つっかかってしまった。やっと意識を取り戻し、どうにかかたことのやり取りができるようになったのだ。久恵を責めるような言葉は聞き捨てにはできない。

「いえ、わたしは、決してそのような」

源太郎は心外だとばかりに強い口調で返した。

「母上は乱暴を受けし者なのじゃ。責めるような物言いをするではない」

くどいと思ったが追い討ちをかけるような言葉が口をついて出てしまった。

「ですから、わたしは」

源太郎が反発しようとしたところで、新之助が諌める。

「わたしの詰めが甘かったのです」

「わかった。もうよい。それよりも、その浪人を探すことだ」

源之助は自覚しているのだが、つい、刺々《とげとげ》しい物言いになってしまった。

「はい」

新之助は素直にうなずいたものの複雑な顔をしている。源之助と源太郎の親子の絆にひびが入ったと危ぶんでいるようだ。

「新之助、頼む」

源之助は新之助に改めて頭を下げた。

# 第四章　検校屋敷

一

三好検校と会談する日を迎えた。

如月の二十六日、江戸中を八分咲きの桜が彩り、気の早い連中は花見の宴を催していた。

源之助は百瀬の診療所に立ち寄り、久恵を見舞った。桜満開の頃、久恵が平癒したなら共に桜を愛《め》でよう。

久恵はすやすやと眠っている。百瀬が入って来て源之助の隣に座った。源之助の目には健やかそうに映ったが、百瀬によると昨夜から昏睡状態が続いていて、起きる気配がないそうだ。

「だ、大丈夫ですか」

腹から強い不安がせり上がってくる。

「予断は許しませんな」

百瀬の言葉には安易な慰めはない。患者と真摯に向かい合っているからこそであろう。

胸に迷いが生じた。

これから、三好検校との面談だ。この機を逃してはならない。もし、三好検校が闇奉行だとしたら、即座に捕縛せねば今後も殺しが繰り返されるだろう。

なんとしも阻止せねばならない。

そんな源之助の苦衷《くちゅう》を察したのか、

「蔵間さん、お役目に行かれよ。お内儀はわしが、責任をもって看護致す」

百瀬が言った時、美津がやって来た。

美津は普段通りの明るい表情だったが、源之助と百瀬の間にただならぬ空気が漂っていることに気付いたようで、表情を引き締め静かに座る。

「美津、今日はどうしても行かねばならぬ役目がある。すまぬが、久恵のこと、頼む」

源之助は殊更《ことさら》に淡々と告げた。

「はい、ですが……」

美津は言葉を閉ざした。こんな時こそ、お母上の傍にいて差し上げてくださいと言いたいのと、八丁堀同心としての公務を優先すべきだという思いが入り混じって、言い淀んだのだろう。

「ならば、美津、頼む」

源之助は迷いを振り切るように告げると、久恵の顔をちらっと見た。久恵の両目は閉じられたままだ。後ろ髪引かれる思いで小部屋を出る。じきに美津が追いかけてきた。玄関に至ったところで、

「お父上さま、行ってらっしゃいませ」

美津の顔も苦しげだ。

「手間をかける」

源之助は軽く頭を下げた。

「とんでもございません」

「ならば、くれぐれも頼む」

診療所を出ると、表に笹森が待っていた。美津も見送りに出て来た。

笹森は気遣うように、

「お内儀のご様子、いかがでござる」

「ご心配かたじけないが、大丈夫でござる」

源之助の言葉にうなずくと、笹森は源之助の脇をすり抜け美津の前に立った。素性を告げ、源之助と一緒に役目に当たっていることを話し、

「本日はこれより、三好検校さまの御屋敷に伺う」

余計なことは言わなくていいと思ったが、美津を安心させることと、久恵にもしものことがあった場合に備えての笹森の気遣いと受け止め直した。美津はお辞儀をして源之助と笹森を見送った。


昼九つ（午後零時）、源之助と笹森は神田にある三好検校の屋敷へとやって来た。

広大な屋敷、手入れの行き届いた庭を眺めていると三好検校の力を思い知らされる。

気を引き締めて三好検校が待つ御殿へと向かった。

御殿玄関脇の小座敷に通された。笹森と共に黙って座る。

「しかと、見定められよ」

笹森が耳元で言った。

「承知」

声を発することで己を鼓舞した。

その頃、源太郎と新之助、それに京次は、源之助から言われた六平の行方、闇奉行が六平を狙うということと、芸者と幇間の行方を追っていた。

楓川に架かる越中橋の袂で、縄暖簾独楽の亭主木助が走り寄って来た。

「旦那、た、大変で…、大変でございます」

木助は動転している。

「落ち着きなさいよ」

京次が落ち着かせると、木助は舌をもつれさせながら、

「亡骸です」

ひょっとして六平が殺されたのか。それとも、闇奉行による犠牲者が出たのか。

「闇奉行か」

京次が問いかけると、木助はかぶりを振り、

「心中でございます」

「心中だと」

予想外の報せに、京次は源太郎と新之助を振り返った。

「どこだ」

源太郎は驚きながらも問いかけた。

「楓川に浮き上がり、今、番屋に運ばれて行ったところです」

「よし」

源太郎は飛び出した。

新之助と京次も続いた。


自身番に入ると町役人が土間に視線を向けながら、

「これから、御奉行所に使いを出すところだったんですよ」

土間には人形《ひとがた》に盛り上がった筵があった。京次が傍に寄り、ゆっくりと筵を捲った。

「ああっ」

京次の口から小さな悲鳴が漏れた。

土間に横たわる男女は、芸者君奴《きみやっこ》と幇間三八《さんぱち》であった。二人の手は真っ赤な布切れで結ばれていた。

「こいつら……、六平の濡れ衣を……」

京次に言われるまでもなく、御白州で六平の濡れ衣を証言した者たちだ。

「なんということをしてくれたんだ」

新之助は激高した。日頃冷静な新之助には珍しいことだ。

これで、六平の罪を証言できる者はいない。

京次も悔しげに舌打ちをする。源太郎は落ち着けと自分に言い聞かせ、深呼吸してから亡骸を検《あらた》めた。

二人に外傷はない。川に飛び込んで溺死《できし》したようだ。

「二人は心中するほどの仲であったのか。二人はなぜ、心中しなければならなかったのだろうかな」

源太郎が疑問を口に出した。

「臭いますね。よりによって、六平の濡れ衣を証言してから心中とはね」

京次に言われなくても源太郎とて疑問に感じている。町役人に君奴と三八の身内に使いを出させた。二人の住まいは御白州に出た際に確かめてある。

二時後《ふたとき》、二人が住まいする各々の長屋の大家がやって来た。大家が声をかけたのだろう、君奴と三八の仲間がやって来た。

心中した者は亡骸を引き取ることは許されない。無縁仏として葬られる。従って仲間たちが二人を弔《とむら》うこともできない。幸か不幸か二人に身内はいなかった。

芸者仲間や幇間仲間は二人が心中したと知っても驚きはしなかった。

「二人は心中するつもりだったのか」

新之助の問いかけに、年配の芸者が、

「君ちゃん、三八さんと一緒になりたがっていたんです。ですけど、近々のうちにお妾さんになるってことが決まっていたんですよ」

誰の妾になるのかは、話せないということだ。要するに、君奴は心ならずも囲われの身となることで、恋い慕っていた三八とは別れなければならなくなった。三八の方でも君奴と一緒になるつもりでいた。

二人は、五日ほど前から行方知れずとなっていたそうだ。

「心中しようと歩いていて、蔵間さまのお内儀遭難に出くわしたんですかね」

京次が疑問を投げかけた。

そうかもしれない。だが、ずいぶんと出来過ぎた話のようにも思える。源太郎は、

「しかし、心中しようとした二人が六平の濡れ衣を晴らすために、御白州まで証言に出るものだろうかな」

「はっきりとはわかりませんが、死ぬ前に人さまのお役に立ちたいって思ったんじゃねえですかね。おおっと、それじゃあ六平はやっていないってことになりますか」

京次は自分の額をこづいた。

二人が心中しようとしたことは確かなようだ。ということは京次が言ったように、図らずも、六平が無実であったことを強調することとなってしまった。

「しかし、六平の仕業に間違いないのだ」

新之助は野太い声で言った。

源太郎が、

「二人は六平という男を見知っていたか」

しかし、幇間は首を捻り六平など聞いたことがないと答えた。京次が六平の容貌を伝え、島帰りの男だと説明を加えても、幇間や芸者たちには心当たりがないようだ。

つまり、六平を助けたさに二人が証言をしたのではない。

心中を決めた男女がこの世の未練に、通りすがりの男の濡れ衣を晴らしてやってから、あの世で添い遂げようと人生の最期に善行を積んだということか。

事態は思わぬ展開を見せた。

# 二

源之助と笹森は三好検校を待ち続けた。

「検校さま、遅いですな」

普段の源之助なら焦《じ》れることなどはないのだが、焦《あせ》りが立ってしまうのは久恵の身が案じられるからだ。さっさとすませるべき用件ではない。自分に言い聞かせ、押し黙った。横目に映る笹森は瞼を閉じ、じっと三好検校がやって来るのを待っている。

笹森の泰然自若とした態度に比べ、自分の落ち着きのなさを恥じていると、

「なんでしたら、この場は拙者だけで」

笹森は気遣いを示してくれたが、

「それでは、ここに来た意味がございません。わたしの目でしか三好検校さまが闇奉行なのかどうかは確かめることとできませぬ」

笹森に任せることはできない。

すると廊下を足音が近づいてきた。しっかりとした足取りに、もう一人の足音も混じっている。程なくして襖が開いた。艶やかな袈裟を身につけ、頭巾を被った盲人が

入ってきた。別の足音は小坊主が肩を貸していたのだった。

笹森が平伏する。源之助も両手をついた。

「寺社奉行大河原播磨守さまよりの紹介の者じゃな」

三好検校が言った。

笹森から名乗り、源之助も素性を告げた。三好検校はうなずき、

「笹森十四郎に蔵間源之助か」

源之助は三好検校を窺った。この男が萩月の奥座敷で会った闇奉行なのか、じっくりと見定める。目隠しされていたため闇奉行の容貌は確認できなかった。それだけに、地の底から湧き上がったような亡者のような声音がひときわ印象的でもあった。

従って声音に注意を向ける。

陽光が満ち溢れた座敷に端然と座す三好検校は、きらびやかな袈裟のせいで眩く、しかも検校の威厳を漂わせている。闇の世界の住人とは思えない。

果たして闇奉行と同一人物なのか……。

同じ人物であるような気もするが、断定する自信はない。

三好検校が、

「先だって殺された天竺屋富三郎殺しの下手人、按摩政之市らしいということである

な。そして、わしにその政之市なる按摩を探し出すことの力を貸せということが、そなたらの用向きであるのじゃな」

「御意にございます」

笹森が返事をした。

「よろしくお願い致します」

源之助も丁重に願い出た。

すると、

「よかろう。ところで、いま一つ用件があろう」

三好検校は言った。

源之助は笹森と顔を見合わせた。二人が黙っていると、

「もう一つの用向き、いや、むしろこっちの方が大事であろう」

三好検校の声が鋭く投げかけられた。

「それは……」

笹森の声が震えた。源之助も図星を指されて手がじっとりと汗ばんできた。

「わしはな、目が見えぬ分、人の心の内が読めるのじゃ。特にわしへ敵愾心《てきがいしん》を抱く者の心はな」

三好検校の声は野太くしわがれた。

　この声だ。闇奉行に間違いない。源之助は確信し、三好検校を睨んだ。すると、三好検校は源之助の動きを読み取ったかのように、

「蔵間源之助、わしが闇奉行であるかどうか確かめにまいったのであろう」

　最早隠し立てをしても仕方がない。

「そうです。まさしく、萩月の奥座敷でお会いしたお方、闇奉行とあなたさまは同じ人物と確かめました」

　源之助は腹を割った。

　三好検校がにやりと笑った。源之助は表情を引き締めた。三好検校にはわからないだろうが、いかつい顔が際立つ。

「三好検校さま、いや、闇奉行、神妙にせよ」

　顔はわからなくとも、大声で威圧した。

　ところが三好検校は悠然としたままだ。

「わしは、この世の悪を成敗しておるのだぞ」

「法を守ってこその悪党成敗というものでございます。わたしは、あなたさまに与《くみ》することと、お断りしました。今もその気持ちに変わりはございません。御公儀の禄を食《は》

む者としまして、あなたさまの行いを認めるわけにはまいりませぬ。わたしは、これより、寺社奉行大河原播磨守さまをお訪ねし、あなたさまを裁きの場に引き出したいと存じます」

源之助は話しているうちに言葉に熱が籠り、激しそうになるのを必死で抑えた。ところが、源之助とは対照的に笹森は落ち着き払っている。冷静さを失わないのは見上げたものだが、落ち着いている場合ではあるまいという不満も感じた。

「笹森殿、直ちに播磨守さまをお訪ねしましょうぞ」

笹森を促す。

「拙者、播磨守さまの許《もと》へ行く気はない」

笹森はどこまでも冷静な顔を向けてきた。

「ど、どうしてでござる……」

戸惑いの余り、口調が乱れる。まじまじと笹森の顔を見返す。笹森は表情を変えることなく、

「拙者、三好検校こと闇奉行さまに深く賛同しておるからでござる」

と、言った。

「なんと……」

口が半開きとなった。

「驚くことはあるまい」

笹森はなんら臆することなく胸を張った。

「笹森殿、では、ずっとわたしを欺いておったのか。わたしばかりか、御奉行も御公儀も。それでも、あなたは……」

源之助は拳をわなわなと震わせた。

笹森が使っていた、「愚考」という言葉が思い出される。

「裁きを逃れ、法の網をすり抜け、大手を振って天下の往来を行く者を見過ごしていいものか。そんな腐れた世などはないほうがましだ」

笹森は轟然と言い放った。

「笹森殿、それは御公儀を否定するものでござるぞ」

「そんな御公儀なら、変えねばならん」

笹森が吐き捨てるように返したところで、廊下を慌《あわただ》しく走って来る足音がした。襖が開いたところで、笹森が応対に立った。小坊主が笹森の耳元でぼそぼそと耳打ちをした。漏れ聞こえる言葉の中に、蔵間さまお内儀とか、百瀬診療所、があった。笹森はうなずくと、

「蔵間殿、大変にお気の毒ながら、お内儀、息を引き取られたという知らせじゃ」

「………」

なんだと。

そんなはずはない。久恵が息を引き取った。死んだ。

久恵が……。

言葉が発せられない。息苦しくなった。全身から力が抜けてゆく。倒れそうになるのを必死で耐え座ったままでいた。三好検校が、

「そなたの内儀、六平なる無宿者に乱暴され、その怪我が元で死んだのだな」

その言葉を引き取って笹森が、

「しかも、六平という男、処罰を逃れ、のうのうと解き放たれたのでござる」

「なんと、ひどい裁きよな。蔵間、それでも、奉行所の裁きに問題がない、裁きに従うと申すか」

三好検校の口調は囁くように低まった。闇の世界への誘惑のようだ。

「従います」

言葉に力が籠らない。

「本音を申してみよ。建前などはよい。腹を割ってはどうじゃ」

三好検校が詰め寄る。

「それは」

源之助の額から汗が滴《したた》った。頭の中は混乱している。久恵の顔が浮かんでは消えてゆく。

「無理もない。妻を亡くしたばかりじゃ。冷静な判断などはできないだろう。じゃがな、六平なる者がのうのうと生きておることには、そなたとても、我慢ならぬはずじゃ。いくら八丁堀同心と申しても人じゃ。身内を殺《あや》めた男に何の罰も与えられぬでは、気が収まるまい」

三好検校の慰めが自分を取り込もうという魂胆《こんたん》だとは見当がつくのだが、それでも声を上げて抗《あらが》う気が起きない。

「おまえとて、わが身に降りかかってみて、わしの正しさというものがわかったはずじゃ。骨身に沁みてな」

三好検校の言葉が虚しく響く。

「我らと共に悪党成敗しようぞ」

笹森が源之助に向き直った。

「断る」

力なく告げると、立ち上がった。

「お内儀に会いに行くか。それもよかろう」

三好検校の言葉に、

「寺社奉行大河原播磨守さまのもとへ参る。その方らの所業をお裁きの場にて公正に裁いてもらう」

「証《あかし》はあるのか」

三好検校が鼻で笑った。

「わたしが証人だ。それとも、わたしの口も封じるか」

源之助は言うや、大刀を摑んで飛び出す。三好検校の背後に回り、抜刀するや刃を首筋に突きつけた。

「立て、一緒に播磨守さまのお屋敷に行くのだ」

「威勢がいいのう」

三好検校は余裕たっぷりである。

三

「無駄死にはするな」

笹森の目が厳しく凝らされた。

「退け。貴様の言葉などには聞く耳は持たぬ」

笹森は大刀を抜き、追ってくる。小坊主たちが騒ぎ始めた。源之助は刀をつきつけたまま廊下を歩く。三好検校は刃を首筋にあてがわれながらも歩調に乱れがない。よほど肝が据わっているのか、それとも、己の勝利を確信しているのか。

三好検校、闇奉行、何するものぞ。

ひるむなと己に言い聞かせて歩を進め玄関に至り、御殿を出た。玄関の前には大勢のやくざ者たちが待ち構えていた。中に浪人と思《おぼ》しき侍が一人混じっている。

壁となって立ち塞がるやくざ者たちを、

「退け！」

源之助は怒鳴りつけた。

笹森が追いついて来た。笹森はやくざ者たちに向かって目配せをした。すると、やくざ者たちの壁が割れた。隙間の先に後ろ手に荒縄で縛られた男が立っている。源之助は呆然と立ち尽くした。

「六平……」

六平は猿轡《さるぐつわ》をかまされているため言葉にならないが、源之助にすがるような目を向けてきた。源之助が立ち止まったところを見逃すことなく、笹森が源之助の身体に体当たりを食らわせた。源之助の身体がよろめいた。その隙に三好検校が逃れてしまった。

「おのれ」

源之助が歯嚙みすると、

「引き立てよ」

三好検校の命令で源之助は刀を取り上げられ、

「こちらにまいれ」

笹森によって御殿の裏へと連れて行かれた。源之助は笹森に、

「あの者たちは何者だ。見たところやくざ者のようだが」

笹森は聞き流し、

「六平は検校さまの手の者が捕らえたのだぞ。感謝せよ」

「六平を成敗しようというのか」

源之助の問いかけに笹森は答えをはぐらかし、にんまりとした。

「笹森十四郎、このままでは捨ておかぬぞ」

「お主、怒るのはお門《かど》違いだ、検校さまはお主の内儀を殺した憎むべき男を捕らえたのだからな」

笹森は抜け抜けと言い放った。

「誰が感謝などするものか」

反発したものの、久恵の死が脳裏に蘇り抗おうという気力が失せてゆく。

御殿の裏に連れて行かれた。白砂が敷き詰められ筵が並べてある。あたかも御白州のようだ。源之助は松の木の陰に立たされた。すぐに、六平が引き立てられてきた。六平は縄で縛られたまま筵の上に正座をさせられた。笹森が縄を摑み、あたかも裁きを待つ咎人である。

「六平は沙汰を免れた。事実は六平こそが、そなたの細君を殺めし者じゃ。そなたが目をかけて一人前の同心に育てた牧村新之助もよくわかっている。この悪党を目の前にしても、そなたは許せるのか」

笹森が言った。

「六平を裁くのはわたしの仕事ではない」

「この期《ご》に及んでまだそんなきれいごとを申すのか。まこと頑固者よな」

笹森は鼻で笑った。

「なんとでも言え」

源之助は強い口調で言い返した。

そこへ三好検校がやって来た。三好検校は御殿の濡れ縁に立って笹森に、

「六平の猿轡を解いてやれ」

と、命じた。

笹森が猿轡を外すと、

「お助けください。あっしは、お裁きで解き放ちになったのでございます」

六平は声を限りに喚《わめ》き立てた。

「裁きでは無実となったが、本当のところはどうなのだ。おまえが蔵間の内儀に乱暴を働いたのであろう。どうじゃ、正直に申したら助けてやろう」

三好検校の言葉が誘惑の鞭となって六平を打った。

「本当でございますか」

六平はその言葉を信じる以外に助かる術《すべ》はない。

「本当のことを申せ」

三好検校の声音はしわがれ、地の底から湧き上がる亡者のようになった。

圧倒されるように六平は、

「わたしがやりました」

「よくぞ申した。して、いかにした。襲った時の様子を話せ」

三好検校の声は囁くようだが、有無を言わせない力強さに満ちている。

「棒切れで、殴りました」

六平は久恵を襲った時の仔細を語った。耳を塞ぎたくなる蛮行であった。源之助の胸が張り裂けそうになった。目の前に久恵を殺した男がいる。しかも、その男は罰せられることなく解き放たれたのだ。

「して、殴って銭を奪ったのだな」

「へい」

「その時の気分はどのようなものであった」

「それは……」

六平は言い淀む。

「申せ！」

三好検校は容赦なく問い詰める。六平は身を仰《の》け反《ぞ》らせながら、

「これで、たんまり酒が呑めるって思いました」

三好検校は哄笑《こうしょう》を放った。三好検校の笑い声が霞み空に吸い込まれる。ひとしきり笑ってから、三好検校は息を整え、

「愚か者じゃ。たった一晩の酒のために、平気で人を殺した。こいつは、どうしようもない男じゃ」

源之助も同じ気持ちになった。久恵はこんな男によって、こんな男の酒欲しさに命を落としてしまったのだ。

白砂が悔し涙でかすんだ。六平を見ないのは、見れば殺意に突き動かされるからだ。

「ろくでもない奴め」

三好検校は言った。

「お助けくださいますか」

六平は図々しくも懇願した。

「よかろう」

三好検校は明らかに源之助を意識している。源之助の目の前で六平を解き放とうと

しているのだ。奉行所の裁きから逃れた六平を、源之助に見せつけた上で許そうとしている。三好検校という男の陰険さがたまらなく恨めしい。

六平の縄が解かれた。

「ありがとうございます」

罪を逃れ六平は娑婆《しゃば》に戻って行く。久恵に乱暴を働き、結果として死に至らしめた悪党がのうのうとこれからも生きていく。

「六平はこれからも、酒にありつきたくて人を殺めるじゃろうて」

傷ついた源之助の気持ちに塩を塗る三好検校の言葉だ。更に笹森が、

「こいつ、一月《ひとつき》前に島から戻ってからも無銭飲食を繰り返し、夜鷹《よたか》から銭を奪い、夜鷹の中には殴られて身体の自由がきかなくなり、商売もできないという者がいるそうだ。哀れなものよ、夜鷹ということで町奉行所に訴えることもできないでいる。つまり、こいつは自分よりも弱い者からたかり、危害を加えても平気な男。この世の屑じゃな」

と、説明を加えた。

源之助の胸がきしみ、激しく焦がされる。

六平はへらへらと笑い、三好検校に向かって頭を下げた。すると、

「待て」

三好検校の声に反応したやくざ者たちが六平の前を塞いだ。

「なんですよ。あっし、助けていただけるんじゃねえんですか」

六平の顔が不安そうに曇る。

「わしは、助けてやるつもりじゃった。でもな、蔵間はどうなのだろうな」

意外な三好検校の言葉を受け、

「ええっ、そんな……」

六平は源之助を見る。

「蔵間、そなた、この男が憎かろう。この蛆虫《うじむし》のような男が」

三好検校は言った。

「憎い……」

血を吐くような思いで声を振り絞った。

「ならば、そなた、この男を成敗するがよい」

三好検校は笹森を促した。笹森は源之助の大刀を手渡した。源之助は反射的にそれを受け取ってしまった。六平が、

「話が違う、話が違いますよ、検校さま。おら、検校さまに言われて蔵間の旦那の

「……」

「うるさいぞ」

三好検校はやくざ者に命じ、再び六平を後ろ手に縄で縛らせた。続いて、

「さあ、蔵間存分にやれ」

笹森も、

「生きていても仕方ないどころか、この世の災いをもたらす男でござるぞ。蔵間殿、なんの躊躇《ためら》いがござろう」

「わたしにはできぬ」

源之助は決然と言った。

「辛抱することはない。この男を成敗するのは、内儀の恨みを晴らすばかりか、世のためでもあるのじゃ。それに、おまえが手にかけたとは明らかにせぬ。おまえは、これまで同様、八丁堀同心を続ければよいのじゃぞ」

三好検校が源之助を闇の世界へ誘《いざな》う。

「おまえの罠には落ちぬ」

誘惑を断ち切るべく源之助は声を高めた。

「何を躊躇《ためら》うのだ」

「わたしは八丁堀同心だ。解き放ちの沙汰が下った者を殺すことはできぬ」

「六平は、悪事を重ねてきた世の中にいてはならぬ者ぞ」

「しかし、御白州では、御奉行より解き放ちを申し渡されたのだ」

「奉行所の間違いじゃ。それとも悪法も法か」

三好検校はしつこい。

「黙れ！」

源之助は三好検校の誘惑を断ち切ろうと大声を上げた。

「黙らん」

三好検校も負けじと声を張り上げる。

久恵の顔が浮かんだ。

「ならば、こうしよう。おまえがこの男を殺さねば、わしがおまえを殺す」

三好検校は言った。

## 四

三好検校が勝ち誇るかのように顔を上げる。

「検校さまのお手を穢《けが》すまでもなきこと」

笹森が自分がやると申し出た。

「どうじゃ、蔵間」

源之助はやくざ者たちに両手を摑まれ、六平の横に引き据えられた。

「蔵間、その者を成敗せよ。そのろくでなしを成敗するのじゃ」

三好検校が言い、

「こんな男のために、己が命を落とすのか。酒代欲しさに、内儀の命を奪い、大勢の者に危害を加えたろくでなしだぞ」

笹森も闇世界へと誘ってきた。

源之助は六平を睨んだ。六平は怯えるような目で源之助を見る。源之助は不快感一杯に睨み返す。六平の歪んだ顔に久恵の顔が重なる。

こいつが、久恵に殴りかかった光景が脳裏に浮かぶ。どうしようもない蛆虫。

それでも、裁きにより解き放たれた。

「蔵間、使え」

源之助の目に六平に対する憎悪の炎が立ち上ったことを笹森が気付き、己が刀を源之助に手渡してきた。その時、六平が逃げようと身体をよじった。それが源之助の怒りに火をつける。

手渡された大刀を抜き放つと大上段に振りかぶった。

「悪かった。旦那、悪かった。お内儀のことは詫びるから助けてくれ」

あまりにも姑息な六平に、

「黙れ！」

怒声を浴びせると源之助は大上段から大刀を振り下ろした。白刃が風に唸りを上げた。

六平は白目をむき、身をよじらせた。

と、次の瞬間、

「あ、ああ……」

六平の口から素っ頓狂な声が漏れた。縄が切れただけだ。そのことに気付いた六平はへなへなと膝から崩れた。

「蔵間、それでよいのだな」

笹森が冷たく言った。

「わたしは八丁堀同心だ。刺客でも復讐鬼でもない」

源之助は胸を張って言い返した。

――久恵、おまえの仇は討てないが、勘弁してくれ――

久恵ならきっとわかってくれるだろう。

自分は生涯、八丁堀同心としての生き様を貫く。要領よく立ち回って、多少なりといい目を見たいとも思わない。

この場で死ぬのならそれで構わぬ。悪党のために、六平のようなどうしようもない男のために死ぬのではない。八丁堀同心としての矜持を貫くための死だ。

――久恵、待っておれ。共に三途《さんず》の川を渡ろうぞ――

覚悟を決めたせいか、心静かに笹森の前に立った。

「ならば、望み通りに死を与える。あの世でお内儀に会えばよい」

笹森が源之助から奪い返した大刀を振りかぶった。

すると三好検校が、

「よかろう。蔵間源之助、その方の度胸に免じてわしの手であの世へと送ってやる」

と、言って前に進み出た。

手には杖をついているだけだが、しっかりとした足取りである。一歩、一歩と源之助に近づいてくる。笹森が大刀を渡そうとしたが、

「いや、無用」

三好検校は不気味な声を放つ。次いで、杖を左手に持ち右手で先を摑んだ。どうやら、仕込み杖になっているようだ。

三好検校はゆっくりと右手を上下に動かした。刃は春光を弾き、源之助の目を射た。

「やれ」

源之助は静かに告げる。

三好検校は腰を落とした。仕込み杖を構え直し、

「天罰下す」

一声、発すると右手が素早く動いた。

下段からすり上げる、逆袈裟の太刀筋と見るや刃が銀の光と共に流れ、首がぽとりと転がった。と、次の瞬間には刃は杖に戻っていた。

源之助は息を呑んだ。

白砂に転がる六平の首が恐怖の目で源之助を見上げていた。

恐るべき技だ。目が見えないにもかかわらず、寸分の狂いもない太刀筋である。その迅速なること光のようだった。

あの太刀筋、刃を合わせたなら自分は凌《しの》ぐことができるだろうか。ふと、源之助の剣客《けんかく》としての興味がわいてきた。

弁天屋光右衛門、南町奉行所与力前原左近兵衛殺しは三好検校自らが行ったに違いない。

「わたしの首が落ちなかったのは、そなたの手許が狂ったわけではあるまい」

源之助は己が首をさすりながら言った。三好検校は、

「わが刃はな、成敗すべき悪党の臭いをかぎ当てるのじゃ。そなたは、悪党ではないと刃が判断したのじゃろうて」

礼を言う気はしなかった。

「わたしを助けたのか」

「いや、助けはせぬ。お主はわしの好意を受け入れなかったのじゃからな」

三好検校は笹森に向かってうなずいた。笹森は改めて源之助に向き直り、

「覚悟」

と、一声放つや大刀を一閃させた。

源之助の意識が途切れた。

その頃、賞金稼ぎ青龍の旦那こと東雲龍之介はどうにも妙閑寺のことが気にかかった。妙閑寺の前に来ると寺の様子を窺う。門は閉ざされ、立ち入ることができない。

門前の茶店で確かめると、寺社奉行大河原播磨守が手入れを行い阿片窟となっていたことが判明し、廃寺の処分が下されたそうだ。

いかにも切れ者との評判通り、大河原の動きは迅速にして果敢だ。

「三好検校、動いてくれたか」

礼を言いに三好検校の屋敷を訪れようかと思ったが、その前に一稼ぎしようと思い直した。懐中から人相書きを引っ張り出す。

関八州のあちこちの宿で殺しを繰り返し、女を犯し、金品を強奪した関東取締役出役、通称八州廻りを務めていた木崎洋二郎《きざきようじろう》である。八州廻りの身でありながら、悪事を重ねるようになり、江戸に逃れて来たのだ。

関東郡代も代官も更にはそれらを統括する勘定奉行も八州廻りが悪事を重ねたことで、面目が丸つぶれとなり、一日も早く捕らえたいと江戸中に探索の手を伸ばした。

東雲は関八州郡代、代官屋敷の手代小弥太を筋違御門の袂にある一膳飯屋で飲ませ、例によって情報を得ることに成功した。

酒を飲ませながら、

「そうか、根津権現《ねづごんげん》裏の寺に潜んでおったのか。その寺、賭場でも開かれているのか」

東雲は尋ねた。

「それが、そうでもないのですよ」

「賭場が行われていない」

「二月《ふたつき》くらい前までは、やっていたんですよ。それが、このところ閉じられています
よ」

「そうか、阿片窟になっているのだな」

東雲は言った。

「そうかもしれません。それで、木崎も寺を出て三好検校さまのお屋敷にいるらしい
のです」

「三好検校の屋敷だと……」

小弥太は自分が関わることを恐れているようだ。

「教えてくれ。おれが踏み込んだ、妙閑寺、かつては派手に賭場を張っていたそうな
んだ。それも閉じられている。それにな」

東雲は立ち寄った賭場がいずれも閉鎖されていたことを語った。小弥太はうなずく
と、

「答えはこれですよ」

と、両目を瞑った。

一瞬、小弥太が何をしているのかわからなかったが、

「三好検校か」

「そういうことです」

「三好検校が賭場の閉鎖とどう関わるのだ」

「三好検校さまの息のかかった寺で開帳していた博徒たちを自分の屋敷に呼び寄せて検校屋敷で賭場を開帳なさっているんですよ。博徒たちは、寺社奉行大河原播磨守さまの手入れが入る心配がないんで、開帳していた寺を離れているんです。木崎もそれで三好検校さまのお屋敷に移ったようです」

「しかし、寺社奉行大河原播磨守さまは、寺の摘発に熱心ではないか。大河原さまは、数々の寺の賭場を摘発し、多大な功績を挙げておられる」

それゆえ、妙閑寺摘発を三好検校を通じて願い出たのだ。三好検校が博徒を取り込んでいることなど知らずに願い出てしまったのは迂闊であった。

三好検校は大河原の摘発により、賭場を開けなくなった博徒たちを吸収して、巨大賭場を形成しつつあるということだ。その賭場に落とされる金はまさしく莫大なものに違いない。あの庭と屋敷がそのことを物語っている。

何が闇奉行だ。何が、法の裁きをのがれた悪党を退治するだ。三好検校こそが、悪党中の悪党ではないか。

いや、待てよ。

大河原播磨守、三好検校とは懇意であったそうだ。

巷間流布されている三好検校と大河原元信の物語。

三好検校は大河原播磨守さまが部屋住みであった頃、その骨相を占って大名になることを予言した。大河原は喜び、もし、自分が大名になったなら、そなたを検校にすると。それが叶って、三好検校が誕生した。大河原播磨守は順調に出世を重ね寺社奉行となり、将来は老中となることを見込まれているのだ。

いわば、二人は同志である。

と、

「ひょっとして、大河原と三好検校は繋がっているのか」

東雲は絵図が読めた。

# 五

「そうかもしれませんや」

小弥太は東雲が言葉にする前に肯定した。

「寺の賭場摘発は、大河原と三好検校が手を組んで行っているということか」

東雲の言葉に小弥太はうなずく。

「とんでもない奴らだな」

東雲は怒りが募ってきた。

「青龍の旦那、三好検校を退治なさったらどうです」

「賞金でもかかったらな」

「木崎洋二郎の他にも、賞金首の連中が三好検校の屋敷に巣食っていますよ」

小弥太は言った。ついで、賞金首がかかる何人かの人相書きを渡した。

五人、いずれも無宿者である。

元八州廻りが百両、他の連中は五十両。

「しめて、三百両か」

東雲の言葉に力が入らないのは三好検校、すなわち闇奉行の強大な力を思ってのことだ。

「いくら青龍の旦那でも、三好検校さまのお屋敷に乗り込んで行って、賭場を潰した上に賞金首、五人を捕縛するのは無理ですよ」

「わかっているさ」

東雲も認めざるを得なかった。

「酒でうさを晴らしましょう。今日はあたしが奢りますよ」

小弥太は言った。

東雲は猪口を重ねたが、一向に酔いが廻らなかった。飲んでいる途中で、

「馳走になるぞ」

と、腰を上げた。

「もう、いいんですか」

小弥太が物足りなさそうな顔をしたが、

「またな」

東雲は店を出た。

三好検校こと闇奉行、やりたい放題だ。

悪事は膨らむものだ。

このまま何もしないでいいのか。

笹森十四郎に相談してみるか。あいつは北町の蔵間源之助と共に闇奉行を追っている。教えてやるか、闇奉行の正体を。闇奉行が法の網を潜り抜けた悪党を成敗するというだけなら見過ごしにもできたが、その裏に大河原と組んでの賭場拡大を企てていたとなれば放置はできない。

笹森にはどこで会える。

そうだ、東雲は北町奉行所へと向かった。

蔵間源之助を訪ねたが源之助は不在だった。

「弱ったな」

と、思っていると、

「父に何か御用ですか」

と、若い同心がやって来た。源之助の息子源太郎だと覚えていた。向こうも東雲に気付き、

「東雲殿、父に何か御用ですか」

東雲がうなずいたところで、

「正確に申せば、お父上とお父上と一緒に行動している笹森十四郎という小人目付に用がある」

「父が小人目付殿と一緒に……」

源太郎は内心で影御用かと呟いた。

源之助が小人目付と一緒とは、どんな影御用なのだろう。大いなる興味を抱く。賞金稼ぎたる東雲が訪ねて来たということは、賞金首の探索なのだろうか。

「闇奉行の探索でござるよ」

東雲が言った。

「闇奉行探索でござるか」

なるほど、それならいかにも源之助が請け負いそうな影御用だ。

「闇奉行につき、是非とも蔵間殿のお報せしたきことがござってまいったのだが、お留守のようだ。闇奉行探索に出ておられるのかな」

「そうですが」

源太郎は口ごもってしまった。ここで正直に告げるべきか。東雲は源之助に重要な報せがあるようだ。

「行き先はわかります」

源太郎は言った。

「どこでござるか」

「一緒にまいりましょう」

源太郎も久恵の容態が気にかかった。源之助と美津がついているのだし、これから町廻りがあるのだし、自分までは行くこともないのだが、それでも行きたくなった。それに、闇奉行のことと耳にしては何もしないではいられない。

「かたじけない」

東雲は軽く頭を下げた。


源太郎は東雲と共に百瀬の診療所へと向かった。

「診療所とは、蔵間殿、どこかお悪いのか」

「父はいたって壮健なのです。実は母が……」

源太郎は母久恵が暴漢に襲われて重傷を負ったことを話した。

「その上、その男は解き放たれてしまったのです」

「なんと申してよいかわからぬが、さぞやご無念であられたことであろう。して、お内儀はご無事でござるか」

「今のところ、安静を保てば平癒するということです。父はこれまで、家のことは母任せで、家族をかえりみることもなかったのです。ですから、その罪滅ぼしとでも思っているのでしょう。今日は非番ということで、診療所へ行っております。しかし、その後、何処かへ出かけるとも申しておりましたので、診療所にはおらぬかもしれませんが、所在はわかるかもしれません」

源太郎の曖昧《あいまい》な物言いに東雲はうなずき、ともかく診療所へ行ってみましょうと返した。


昼八つ（午後二時）を過ぎた頃、百瀬の診療所に着いた。

源太郎が素性を告げるとすぐに美津が出て来た。美津は東雲を見て戸惑ったが、源太郎から紹介され、更には源之助に用事があることを伝える。

「母上は大丈夫か」

「先ほどまでよくお休みになっていらして、ひやっとしたんですけど、今は目を覚まされて健やかにしておいでです。百瀬先生もひと安心だとおっしゃっておられましたよ」

「それはよかった」

「お会いになられますか」

「いや、元気なら会わなくてもよい。母上に余計なご負担をかけるだけだ。それよりも、父上はどこに行かれたか存じおるか」

「三好検校さまのお屋敷だそうです」

美津は言った。

「三好検校、蔵間殿は確かにそう申されたのですな」

東雲は意気込んだ。そのあまりに熱の籠った態度に美津は後ずさりしつつ、

「はい。笹森さまというお方が迎えにいらっしゃったのです。三好検校さまのお屋敷を訪ねると、笹森さまからお聞きしました」

「笹森が……」

東雲はそれきり口をつぐんだ。

「いかがされましたか」

源太郎は東雲の態度が気にかかった。その顔つきもよくはない。

「拙者、これにて失礼致す」

東雲は立ち去った。

どうにも気がかりだ。

「美津、母上のことよろしく頼む」

源太郎は美津に言い置くと、急ぎ足で東雲のあとを追った。

診療所を出ると東雲の岩のような背中が見えた。山賊の武器のような巨大な青龍刀も東雲にはよく似合っている。

「東雲殿」

追いついたところで声をかけた。東雲が振り向く。

「わたしも一緒にまいります」

源太郎が言うと、

「どうしてだ」

東雲は首を傾げた。

「一言、お礼を申したいのです」

「礼とは」

「東雲殿に教えていただいた、妙閑寺の件でございます。阿片の巣窟となっておりました。寺の手入れと薬種問屋の摘発がなされました。三好検校さまの口添えで寺社奉行大河原さまが迅速に動かれてのことでございました」

すると東雲の顔が不快に歪んだ。

「いかがされた」

源太郎が訝しむと、

「寺の手入れにあたって、何か不信なことは耳にしなかったか」

「不信と申せば、あの男を殺した者がわかりません。寺に巣食うやくざ者は自分たちの仕業ではないと言い張っておることです。確かに侍による斬殺でした。それが気がかりといえば気がかりなのですが」

源太郎は腑《ふ》に落ちないことを繰り返した。

「蔵間殿、すこし、話を致しましょうか」

東雲の改まった態度に源太郎も畏《かしこ》まってしまった。

「思わせぶりなことを申して、そなたの心を惑わせたようだな」

「いえ、それは構わないのですが」

源太郎は立ち話もなんだと周囲を見回したが、東雲は茶を飲むのも惜しそうだ。東雲の方から、

「道の片隅で結構」

と、柳の陰に向かった。源太郎も拒む理由はない。

二人は柳の木陰に立った。

柳の枝が春風に揺れ、さやさやとした音が耳につく。春は確実に深まっている。それでも、心がもやもやとするのは、春の霞空と同じだ。

「三好検校、じつは闇奉行である」

東雲が言った。

「ええっ」

源太郎は思わず口をあんぐりとさせた。

「そして、お父上と笹森は闇奉行探索の任に当たっておられるのだ」

東雲は続ける。

六

「三好検校さまが闇奉行とは、父は存じておりましょうか」

「おそらくは存じてないと思う。だから、日が高いうちに笹森と二人きりで訪れたのだろう」

「当然ながら、寺社奉行大河原さまが三好検校さまの背後におられることも、父は知らないということですか」

「そうであろうて」

東雲は急ごうと源太郎を促した。

四半時ほど後、源太郎と東雲は三好検校の屋敷にやって来た。

屋敷の門前の番をする番士に源太郎が源之助の訪問を尋ねた。番士は来たが帰って行ったことを告げた。

そう言われた以上、無理に入るわけにはいかない。

源太郎と東雲は検校屋敷から離れた。

「ともかくわたしは奉行所に戻ります」

「わかった」

東雲もそれ以上は聞かなかった。

「余計なことでしょうが、東雲殿はこれからいかがされますか」

「むろん賞金首を求めて動くだけ」

「ということは」

源太郎は三好検校の屋敷を振り返った。そして視線を東雲に戻すと東雲はにんまり

として、

「ならばな」

　と、右手を挙げて立ち去って行った。

　源太郎は奉行所に戻った。

　居眠り番を覗く。しかし、源之助は不在だった。奉行所には戻っていないようだ。

すると、入れ違いであったことになる。

　すると新之助が背中を叩いた。

「どうした」

「父、いるかなと思いまして」

「今日は非番であるから、百瀬先生の診療所なのではないか」

「そう思って、顔を出したのですが」

　東雲が訪ねて来たことを話した。

　東雲と百瀬の診療所に行き、三好検校こそが闇奉行であり、三好検校の背後には寺社奉行大河原播磨守が控えており、二人は示し合わせて博徒たちを屋敷に集めて賭場を開かせていることを東雲から聞いたと新之助に伝えた。

「そんなからくりがあったのか」

さすがに新之助も驚きを示した。

「父は小人目付笹森十四郎殿と闇奉行探索を行い、どうした経緯かはわかりませんが三好検校さまのお屋敷に向かったようなのです」

源太郎は源之助が三好検校の屋敷から既に出て行ったことも言い添えた。

「よもやとは思うが、蔵間殿の身が案じられるな。源太郎、ともかく、百瀬先生の診療所をもう一度訪ねたらどうだ」

「そうさせてもらいます」

源太郎は多少の不安を抱きながら北町奉行所をあとにした。

再び百瀬の診療所へやって来た。

美津が妙な顔で出て来た。

「父上、顔を出されなかったか」

「いいえ」

美津は怪訝な顔で首を横に振った。胸騒ぎがしたが、

「ちょっと、お母上さまとお話をされたらどうですか」

それもそうだという気がした。

「ならな」

源太郎は診療所に上がり、小部屋に入って行った。百瀬が笑顔を向けてくる。久恵が順調に回復していることが察せられた。それでも小部屋で久恵を見ると、やはり大きな安心感に包まれた。久恵は半身を起こして重湯を飲んでいた。

「母上、御無事で安心しました」

源太郎は久恵の傍に座った。

「よいのですか。御用の途中でございましょう」

「お気遣いなく。それよりも、もう、言葉を交わせるようになったとはまことにようございました。父も喜ぶことでしょう」

「美津殿に聞きました。旦那さまは、よく立ち寄ってくださったとか。まこと、申し訳なく存じます」

久恵らしい、亭主の邪魔になったことへの詫びを述べ立てた。

「ところで、母上、母上を襲った男、解き放ちになってしまいました」

源太郎は頭を下げた。

久恵は、

「きっと、わたしが証言できなかったからでしょう。わたしが、寝込んでおりましたので、いけないのです」

久恵らしい謙虚な物言いだが、それだけに六平が解き放たれたことが残念でならない。新之助を責めるわけにもいかない。心中した二人のことが脳裏を過《よぎ》る。ひょっとして、あの二人も三好検校、すなわち闇奉行の手にかかったのではないだろうか。

「母上、ご安静になさってください」

久恵は小さくうなずくと重湯をゆっくりと飲み、椀を枕元に置いた。

「美津殿、ご迷惑をおかけしますね」

久恵は美津へ申し訳なさそうに頭を下げた。

「おやめください」

美津は久恵が気遣うことを慮《おもんぱか》ってか明るく返した。

「もう、家に帰ろうと思います」

久恵は言った。

すかさず美津が、

「もう少し、休んでおられた方がよろしゅうございますよ」

「でも、ずいぶんと留守をしてしまいましたので、旦那さまに不自由をおかけしたのではないかと申し訳なく存じますので」

　すると源太郎が、

「無理は禁物です。しばらくは安静を保たねばなりません。でないと、かえって身体を悪くなされます」

「そうですよ。せっかく、よくなられたのですから、しばらくは診療所におられませ。百瀬先生もお勧めなさっておられます」

「自宅で養生するから大丈夫ですよ」

　久恵はやんわりと言った。

「そんなことおっしゃったって、お母上さまのことですから、ご自宅に戻られたら、じっと寝てなどいられなくなります。すぐに、何かと家事をおやりになってしまうに決まっています」

　美津が賛同を求めるように源太郎を見た。

「美津の申す通りです。しばらくは、ここにおられよ」

「ですが、この通りわたしは元気なのですよ」

　久恵は布団から立ち上がったものの二歩と歩けずによろめいてしまった。源太郎が抱きかかえ、

「ですから、言わないことではないのです。この怪我は脳が心配なのです。脳はあなどれません。身体は大丈夫だと思っても、脳の方でまだ駄目だと言い聞かせておるのですよ」

源太郎は言った。

「情けなきことです」

「そんなことはありません。父上も心配なさっておられます。父上とて、今のまま自宅に戻るよりは、診療所にてじっくりと治癒されることを望んでおられます」

美津が、

「ですからお母上、今はゆっくりと静養なさることがお父上さまのためと思ってここにいらしてください」

二人の説得に、久恵はようやくのこと笑顔を見せた。

「それに父上とても、母上が大怪我をなさって、母上のありがたみというものがおわかりになられたようです」

源太郎は言った。

源太郎は組屋敷に戻った。

ところが、源之助は不在である。

「これは一体……」

源太郎の胸は大いなる不安に揺さぶられた。

# 第五章　闇との対決

## 一

二十八日の夜半、東雲龍之介は三好検校の屋敷にやって来た。

月籠《つきごもり》の空に瞬く星を見上げ、門前に立つ。閉ざされた門が無言の威圧を投げかけている。闇に刻まれた屋敷の陰影が闇奉行の不気味さを際立たせてもいた。

「ひるむな」

東雲が己を叱咤した時、

「東雲殿」

と、背後で囁く声が聞こえた。振り向くと源太郎である。

「わたしも乗り込みます」

源太郎は八丁堀同心の形《なり》ではなく、地味な黒地の袷に裁着《たつっ》け袴《ばかま》、額には鉢金《はちがね》を施している。まさしく、決死の覚悟だ。

「ここはおれに任せろ」

東雲が言う。

「わたしもまいります。屋敷の中に、父が囚《とら》われているかもしれぬのです。はい、そうですかと帰るわけにはいきませぬ」

源太郎は言い張った。

「おれは、三好検校、いや、闇奉行に匿われておる賞金首を獲るつもりだ。そなた、八丁堀同心としての立場を考えろ。おれと一緒に検校屋敷に乗り込めば、嫌でも刃《にん》傷《じょう》沙汰《ざた》に巻き込まれるぞ」

「元より承知の上でござる」

源太郎は鍔《つば》を鳴らした。

「無事で帰ることができるかどうかわからぬ。それに、検校屋敷に踏み込んだ途端《とたん》、お主は八丁堀同心の職を失うかもしれぬ。検校は寺社奉行の支配下、領分を侵すことになる。秩序を乱すこと、お父上は喜ばれると思うか」

「闇奉行の行状を思うと父の身が危ぶまれます。放ってはおけぬのです」

源太郎は引く気がないということを示した。

「お父上がこの屋敷の中におられるかどうか、確証なかろう」

「確証はありませんが、十中、八、九間違いないと思います」

「ならば、こうしよう。そなたと一緒に屋敷内を探る。おれは賞金首の奴らを見つける。お主はお父上を探せ。屋敷内を探る間に、闇奉行の行状を確かめるのだ。申しておくが、お主は刀には手をかけるな」

東雲は有無を言わせぬ強い口調で言い渡した。源太郎は不満げではあったが、受け入れるように首肯《しゅこう》した。

「さて、塀の向こうには闇の世界が待っているぞ」

東雲は屋敷を見上げた。

二人は練塀《ねりべい》越しに伸ばす松の枝を伝い屋敷内に入った。

屋敷の中は寝静まっていると思いきや、門から御殿へ向かう石畳の両側には煌々《こうこう》と篝火《かがりび》が炊《た》かれていた。

「訪問客があるようだな。誰がやって来るのか、確かめてみるとするか。おれは、寺社奉行大河原播磨守と睨んだぞ」

「わたしも大河原さまだと思います」

「ひとまず、大人しくしているか」

東雲は言い、玄関前で見事な枝ぶりを見せる赤松の陰に二人は潜んだ。篝火が届かず、闇の中に溶け込むことができた。


その頃、御殿の奥座敷では三好検校と笹森十四郎が向かい合っていた。

「これより、大河原播磨守さまがおいでになる」

三好検校の言葉に笹森は表情を引き締め、

「いよいよ、仕上げにございますな」

「大河原さまは、寺社奉行として数々の手柄を立てられた。そんな大河原さまに対して闇奉行の横行を許す町奉行所の体《てい》たらく、町人どもは大河原さまこそ政《まつりごと》を担《にな》うにふさわしいお方と評判しおる。その声、江戸市中で日に日に高まっておる。町人どもどころか、大奥からも大河原さまをご老中にという声が湧き上がっておるそうな」

「大奥を動かしたのは、三好検校さまの多大なる賂《まいない》でございましょう」

笹森の言葉に三好検校がほくそ笑む。

「まさしく、大河原さまと検校さまの思惑通りでございますな。大河原さまが、寺の手入れをし、その結果、追い出された博徒どもを三好検校さまが受け入れ、お屋敷内で賭場を開かせる。賭場からの寺銭《てらせん》は莫大なものとなり、検校さまは富み栄えるばかり。一方、大河原さまは賭場の摘発で実績を上げ、名声は高まるばかりでございます。先頃の妙閑寺の阿片摘発は妙閑寺と天竺屋成敗ばかりか、南町の与力前原の阿片密売関与を暴きたて、町方への強烈な圧力をかけることになりました」

「阿片はうまくいったのう。天竺屋が握っておった阿片の流通を奪うことができた。この上は、阿片でも大いに稼がせてもらう」

「検校さまの野望は留まるところ、知りませぬな」

「大河原さまがご老中となれば、更に思うさまの振る舞いができるぞ」

三好検校は得意満面である。

すると、小坊主が大河原播磨守の来訪を告げた。三好検校は笹森と共に客間へと移動した。

客間の上座に大河原が座った。

三好検校と笹森が伺候《しこう》した。大河原は鷹揚《おうよう》に、

「北町の蔵間源之助、連れてまいったな」

「今、土蔵の中に転がしております」

笹森が上目遣いに返す。

「わしが老中となったなら、笹森、そなたを目付にしてやる」

「まことでございますか」

笹森は全身を震わせた。

「小人目付から目付への昇進など異例ながら、わしが通す。任せよ、わしは按摩に過ぎなかった彦之市を三好検校にしたのだからな」

大河原は声を出して笑った。

「身に余る感激にございます。この後は、笹森十四郎、この身を大河原さまと三好検校さまに捧げまする」

「存分に働け。が、その前に蔵間じゃな」

大河原が三好検校に向く。三好検校がうなずいた。

「蔵間源之助、まこと融通の利かぬ男。それゆえ、利用するにふさわしい者でございます」

「わしが、笹森とそ奴を名指し、闇奉行探索に当てたは正解であるな。よもや闇奉行になびくことはあるまいと見込んだだけのことはある。どれ、どんな男か、見てやろう」

大河原が言うと、

「承知致しました」

笹森は立ち上がり、客間から出て行った。大河原がにんまりとし、

「そろそろ、闇奉行の役目は終わった。退散してもらわねばのう」

「御意にございます。闇奉行、まさしく、闇の中に消すのがよかろうと存じます」

三好検校が言った。

二人は立ち上がり、客間を出ると御殿の裏手へと向かった。

廊下を歩き、御殿の裏庭、白砂が敷き詰められた一角へとやって来た。篝火の爆《は》ぜる音と揺らめきが、白砂を玄妙に浮かび上がらせている。

源之助は土蔵に閉じ込められている。

縄で後ろ手に縛られ、板敷に横たえられていた。逃れようともがくのだが、縄はびくともしない。わずかに首を動かすのが精一杯で、周囲には炭俵が積んであるのが見えるばかりだ。

三好検校が闇奉行であるとは見当がついていたが、笹森が三好検校の手下であった

とは予想外だった。まんまとしてやられた。

今にして思えば、笹森は天竺屋富三郎探索を優先させたこと、なんらかの意図があったに違いない。

そもそも、三好検校と大河原播磨守は何をしようとしているのだろう。どんな目的で、天罰という名の下《もと》に殺しを繰り返したのだ。裁きや法の網を逃れた悪党を成敗することが狙いのわけはない。

身動きできないまま思案を巡らしていると、三好検校の狙いが闇の中に浮かび上がってきた。

闇奉行に殺された者たち、その中で異色であったのは南町奉行所与力前原左近兵衛だ。前原と天竺屋富三郎は抜け荷で儲けていた。抜け荷品の中には阿片が含まれていたのではないか。

阿片といえば妙閑寺だ。

大河原播磨守が手入れをして、賭場ばかりか阿片を扱っていたということから、廃寺に追い込まれた。大河原が摘発した他の寺に比べ厳しい処置であった。

闇奉行は裁きや法の網を潜り抜けた悪党を成敗する、と宣言しておきながら前原と富三郎殺しは微妙に異なる。前原は富三郎と組んで阿片密売を行っていた。その所業は法の網をくぐったというよりは、立場を利用しての悪事だ。闇奉行の本分とは違う。

ところが、前原と天竺屋富三郎殺しは、闇奉行によって成敗された弁天屋光右衛門など他の者たちに紛《まぎ》れてしまった。

ひょっとして、闇奉行、すなわち、三好検校と大河原の真の狙いは前原と天竺屋の抹殺にあったのではないか。

前原と富三郎が握っていた阿片を横取りしようと企てたのではないか。

考え過ぎであろうか。

「いや、ありえる」

源之助は確信した。

囚われとなったことがもどかしくてならない。

「おのれ」

身体中に力を込めるが、芋虫のようにごろごろと転がるばかりだ。悔しさで何度も転がり続けているうちに炭俵に額をぶつけてしまった。炭俵が落ちてくるのではと危ぶんだが、幸いにして炭俵の積載は堅固でびくともしなかった。

すると、引き戸の向こうで音がした。

南京錠を外している。程なくして引き戸が開き提灯が向けられた。

「蔵間源之助」

と、呼ばれ、影が刻まれた。提灯の明かりに笹森十四郎の顔が揺らめく。

二

「裏切り者め！」

縄が解けない苛立ちを大声にして笹森にぶつける。笹森はゆっくりと歩み寄って来て源之助を見下ろすと、

「騒ぐな、寺社奉行大河原播磨守さまへの目通りが許されたぞ」

「ありがたく思えと申すか」

「当然だ」

笹森は提灯を左手に縄を右手に持つと強く引っ張った。抗う間もなく源之助の身体が立ち上がる。源之助は引きずられるようにして土蔵を出た。

逃げるか。

笹森の虚《きょ》をついたとしても、検校屋敷から外に出ることはできまい。このままおめ

おめと殺されるのは本意ではないが、大河原播磨守と三好検校に糾弾の言葉もぶつけてやろう。負け犬の遠吠えとしか受け止められなくとも構わない。

源之助は白砂に敷かれた筵に座らされた。周りをやくざ者が囲み、笹森が縄を摑んだままだ。濡れ縁に三好検校と大河原と思《おぼ》しき侍が立った。

笹森が、

「大河原播磨守さまなるぞ」

源之助は大河原を睨み上げた。

「頭《ず》が高い」

笹森が言う。

「悪党に下げる頭などはない」

源之助は轟然《ごうぜん》と言い放った。三好検校が笑い大河原も、

「蔵間源之助、この期《ご》に及んでも威勢がよいな。わしが見込んだだけの男、肝が据わっておる」

「悪党に褒められたとて、うれしくもない」

源之助は唾を吐いた。笹森が気色《きしき》ばみ、

「無礼者めが」

と、大刀の鞘で源之助の左の頰を殴りつけた。

衝撃で横に倒れた。頰が激しく痛み、口中《こうちゅう》には生暖かい血が湧いてくる。痛さで身動きできないが、意地で半身を起こし、唾を吐いた。白砂が赤黒く汚れた。こんなことでうろたえてたまるかと薄笑いを浮かべ大河原を見上げる。

「せっかく、お目通りできたのだ。いくつか、確かめたいことがある」

即座に、

「うるさい、言葉を慎め」

笹森が制すが大河原は、

「よかろう。わしはな、人の意見は広く求めておるのじゃ。政《まつりごと》はのう、様々な意見に耳を傾けることから始まる」

大河原の物言いは余裕たっぷりで、いかにも偽善者を思わせる。

「ならば、問う。闇奉行は裁きや法の網を潜り抜けた悪党を成敗することを旨としておったが、南町与力前原左近兵衛さま、天竺屋富三郎殺しのみは趣向が異なる。すなわち、闇奉行の真の目的は二人を殺めること、殺した目的は二人が握っておった阿片の密売を独り占めせんがためであろう」

否認すると思いきや、

「よくぞ見破った」

三好検校があっさりと認め、大河原も、

「蔵間、見抜きおったか」

罪を暴かれたとて源之助にはどうしようもないと、二人の悪党は余裕たっぷりだ。

「悪党の考えておることなど、わかるものだ。もう一つ訊きたい」

源之助が問いかけると、

「よかろう」

大河原は余裕綽々《しゃくしゃく》に微笑んだ。

「江戸市井で流布されておる、三好検校、出世物語だ」

源之助は言った。

大河原と三好検校は口を閉ざし、話の続きを促す。

「巷間《こうかん》流布されておる出世物語では、按摩の彦之市が、部屋住みであった大河原誠之助の骨相を占い、大名になることを予言した。すると、その占いが実現するかのように、程なくして嫡男と三男が死んだ。次男は他家へ養子に出ていたため、誠之助が家督を継いだ……」

「物語ではなく、真《まこと》のことじゃ」

大河原は言った。三好検校も、

「まこと、誠之助さまは、部屋住みで終わるお方ではなかったということだ。まれにみる器であると、わしは見抜いたのじゃ」

「嫡男は肺病であったとか。ところが三男要之助さまは風邪を召されただけであったのに、突如として息を引き取られたとか。はて、どのような病であったのだろうな」

「わしも、突然の兄上の死を知らされた時には驚いた。卒中としか聞いておらんが」

大河原の声が微妙に曇った。

「御典医は百瀬殿であられたとか」

「そうであったかな」

大河原は横を向いた。

「百瀬殿によると、三男要之助さまは風邪を召されたが、格別ご容態は悪くはなかった。それが、突然に亡くなられたことに、きわめて責任を感じておられた。自分の診立てが間違っておったと、未だ自責の念に駆られておられる」

源之助は百瀬から聞いた話を持ち出した。

「医者の手抜かりには違いなかろう。実際に兄上は亡くなったのだ」

大河原は言った。

笹森が、

「百瀬とかいう医者、八丁堀では評判がよろしかろうが、その評判は、大河原家のお世継ぎをむざむざと死なせてしまったという落ち度を誤魔化そうと必死で治療に当ったゆえではないのか」

「百瀬殿はそのような医者ではない。まこと、患者と向き合い患者の状態を冷静に見極めて最善を尽くす、医者の鑑《かがみ》のごときお方だ」

源之助は声を荒らげた。

大河原が宥めるように温和な表情を浮かべた。

「よかろう。兄上の死は百瀬とか申す医者の落ち度ではなかったとする。だが、それがどうした。兄上は医者にもわからぬ病にかかられたということじゃ」

「面白い話を耳にした。誠之助さまが、要之助さまの見舞いに按摩を向けたというのだ」

天竺屋富三郎殺しから思いつき、鎌《かま》をかけた。

果たして大河原の視線が定まらなくなり、三好検校も落ち着きをなくした。

「黙れ！」

笹森が源之助の耳元で怒鳴った。

源之助は耳がぼうっとなりながらも追及を止めなかった。

「その按摩とは彦之市、つまり」

ここまで言った時、

「そうだ。彦之市じゃ」

三好検校が開き直った。

大河原も、

「その通りじゃ。地獄へ行く土産《みやげ》に教えてやる。まさしくお前の考えの通りじゃ。彦之市が兄上の命を奪ってくれた。さすがは、腕利き同心、目の付け所がよいものよ」

三好検校も、

「わしは、どうしても誠之助さまに家督を継いでいただきたかった。誠之助さまこそが、近江観音寺藩八万石、老中にも昇ることのできる譜代名門の藩主にふさわしいお方であると信じたのだ」

「彦之市はわしの気持ちを汲み取ってくれた。わしとても、凡庸な兄が継ぐことに我慢がならなかった。わしほどの高邁《こうまい》な政《まつりごと》の理想もなく、ただ先に生まれたということだけで御家の後を継ぐ。このような理不尽がまかり通ってよいものか。彦之市が申したように、観音寺藩は老中にもなることができる家柄、累代の藩主の中には何人もが老中職を担った。ところが、凡庸な父は寺社奉行にすらなれず、そんな父の血を受け継いだ凡庸な兄たちも政には無関心、これでは大河原家は衰退するばかり。わしが御家を継ぐことこそが、大河原家のため、ひいては御公儀のためなのじゃ」

大河原は激してきた。

「だからといって、兄を殺していいものではござらんぞ」

源之助は睨み付けた。

すると三好検校が、

「わしと誠之助さまは、共に闇の世界をゆくことを誓ったのじゃ」

その声は地の底からわいてくる亡者のごときものであった。まさしくこの二人は闇の世界へ魂を売った者なのだ。

「地獄へ行くのはおまえたちだ。天網恢恢疎《てんもうかいかいそ》にして漏《も》らさず、だ」

源之助が糾弾の声を投げると、

「ほざけ」

三好検校のしわがれ声が返された。

歯牙にもかけない冷ややかな声音は、背筋がぞっとするほどで、源之助が負け犬の遠吠えをしたような気分にさせられた。

「それくらいで、よかろう」

大河原が話は済んだとばかりに切り上げようとした。三好検校が笹森に、

「やれ」

と、言った。

笹森が縄を取る。

「蔵間源之助、さらばじゃ」

大河原の声が凛《りん》と響いた。

三好検校が、

「蔵間源之助、いや、闇奉行、大河原播磨守さまによって成敗される。光栄に思え」

と、言った。

三

東雲と源太郎は赤松の陰からそっと出た。大河原は御殿の中へと入って行った。

「わざわざ、大河原がやって来るということは何か重要な話し合いが持たれるという

ことでしょうか」

「そうかもしれんな」

東雲は思案するように腕を組んだ。丸太のような腕が重なる。はたと気付いたように、懐中から一枚の書付を取り出し、細かく折畳んだそれを広げた。

篝火が届く場所まで移動する。

読売である。

源太郎が覗き込む。

「読売の無責任な記事と読み飛ばしていたが、何か引っかかるな」

東雲は源太郎に差し出した。

大河原播磨守がいよいよ闇奉行を追い詰めたという記事である。このところ、闇奉行がなりを潜めているのは、大河原播磨守が追い詰めたからだと記してある。

「他愛もない読売の記事なれど、大河原が闇奉行たる三好検校の屋敷に来たということは、大きな動きがあると考えていいのではないか」

「わたしもそう思います」

源太郎も深々とうなずく。次いで、

「父はどう関わるのでしょうか」

「蔵間殿は闇奉行摘発の任に当たっていた小人目付笹森十四郎と共に三好検校の屋敷にやって来たことまではわかっている」

「となると、父ばかりか笹森殿も囚われているのかもしれません」

「あるいは、殺されているか」

東雲は言うと歩き始めた。

「どちらへ」

源太郎は不安に駆られた目で東雲を見たが、東雲は答えることはなく練塀沿いを忍び足で進む。源太郎も続いた。御殿を横目に見ながら歩いて行くと、土蔵が建ち並び、講堂のような大きな建物があった。

「何でしょうね」

源太郎が言った。

「総検校屋敷にある鍼治学校所の役割の他に様々な学問を教えている講堂ということだがな」

東雲は初めて訪れた時に下男から聞いた講堂の説明をした。

「聞いたことがありますよ。三好検校さまは、貧しき者、やくざ者、島帰りの者などに学問を学ばせ、手に職をつけさせたりして更正を行っているのだと」

源太郎は講堂を見た。

闇夜に巨大な影を刻む講堂は、更正のための施設というよりは、悪の巣窟のように思えてしまう。近づくと中から賑やかな声が聞こえてきた。興奮した大きな声は、学問所とはほど遠い鉄火場を思わせる。

二人は講堂の裏手に回った。

裏口の前に井戸がある。

危うく源太郎は声を上げそうになった。

井戸から首がひょっこり出たのだ。

ぐっと生唾を飲み込んで我慢した。

やがて男が井戸の縁を跨ぎ、地べたに降りた。

すぐに、講堂から数人の男たちが提灯を手に現れた。井戸から出て来た男の足元を提灯で照らし、

「ご苦労さまです」

と、頭を下げた。

その後も、井戸からは次々と男たちが出て来る。身形《みなり》からして、大店の主、あるいは僧侶、みな懐具合のいい者たちだ。

「間違いない、講堂は賭場だな」

東雲は呟く。源太郎も首肯した。

十人ばかりが講堂に入って行った。東雲と源太郎は井戸の傍に立った。中を覗き込むと、縄梯子が垂れ下がっている。東雲が小石を拾って井戸の中に放り込んだ。

水音はしなかった。空《から》井戸である。検校屋敷から外に繋がっているということだ。講堂の中で開帳されている賭場への出入り口というわけだ。

「大河原播磨守は賭場が開かれている寺を次々と手入れし、賭場を潰した。あぶれたのは博徒ばかりではない。賭場で遊ぶ者たちもだ。あぶれた博徒と客たちを三好検校が取り込み、検校屋敷内で巨大な賭場を開いているということだ。言ってみれば、この講堂は賭場に巣食う者たちの巣窟だ」

東雲は講堂を見上げた。

「なんということを……実に卑劣だ」

東雲から聞かされていたこととはいえ、実際にその現場に立ち会うと三好検校と大河原播磨守の悪謀がまざまざと感じられ、源太郎は何もできない自分の愚かさに胸が焦がされた。この賭場の手入れはできない。こんな大規模な賭場を見過ごしにしなければならないとは情けない。

「賭場から上がる寺銭《てらせん》は莫大なものだろう。その金を持って、三好検校は大河原播磨守を老中に押し上げる気だろう。大河原が老中になってしまえば、最早、何人《なんぴと》も容易には手出しができぬな」

「大河原播磨守、断じて老中になど昇進させてはなりません」

源太郎は自分の力ではどうにもならないとわかりつつも黙ってはいられなかった。

「しかし、大河原の評判はよい。寺の摘発で勇名を馳せ、こたびは闇奉行を成敗だ。これで、大河原播磨守元信の名は天にも届かんばかりとなろう」

「闇奉行成敗と申しましても、まさか大河原さまが三好検校を成敗するわけではございますまい」

「そこだ。きっと、大河原と三好検校は何かを企てる」

「その何かとは」

源太郎の目が不安に駆られた。

「誰かを闇奉行に仕立て上げる。たとえば、蔵間源之助……」

「父を」

源太郎の目がむかれた。

「お主の父などはもってこいであろうな」

「父は八丁堀同心の鑑《かがみ》のような男です。闇奉行には最もふさわしくないと存じます」

源太郎はむきになった。

「八丁堀同心の模範ゆえ、もってこいなのだ。蔵間源之助、筆頭同心として数々の手柄を立てながら閑職に追いやられた。その時の無念はいかばかりであっただろうな」

「父は閑職においやられましたが、八丁堀同心としての矜持は失っておりません」

「だから、益々闇奉行にふさわしかろう。閑職の身にあっても腐ることはなく、裁きや法の網を潜り抜けた悪党を許すことなく成敗する……。蔵間源之助なら、やりかねないと思われよう」

東雲の推論に源太郎も反論の言葉が出てこない。

するとと東雲の顔が引き締まった。

「いかがされた」

「いや、蔵間殿のことをあれこれ申しているうちにこれは他人事《ひとごと》ではないと思い至った。つまり、賞金稼ぎの東雲龍之介も、闇奉行になり得る。むろんおれは世のため人のために賞金首を狙っているわけではない。あくまで、金欲しさだ。しかしな、闇奉行が蔵間源之助一人であったというよりは、おれと二人であったという方が、世の中への説得となる」

「勘ぐりすぎなのではござらぬか」

「なに、おれはあっさりとは奴らの魂胆には乗らぬ。それより、お主、このまま、この賭場を放っておくつもりか」

東雲は一転して源太郎を挑発した。

「町方では手出しできません……。しかし、このまま見過ごしにはできません。わたしは八丁堀同心の職を辞して、摘発します。今すぐ、踏み込みます」

源太郎は逸《はや》った。

「おい、中には何人いると思う。大河原によって追い出された博徒どもが巣食っておるのだ。妙閑寺の寺男半次を口封じしたのも、連中だろう。おれも大暴れしたいところだが、騒いだところで、命を失えばやられ損だ。それよりも、町方を動員して捕物出役をすればいいではないか」

「それができないから、今すぐに踏み込もうと申したのです」

源太郎が苛立ちを示した。

「血気盛んは若者らしくてよいが、ちいとは頭を冷やせ。そうだ、井戸の水でも被るか」

東雲は笑いかけた。源太郎はむっとしながら、

「ここは空井戸です」

「空井戸だが、使い勝手はよいぞ」

東雲は井戸を覗き込んだ。源太郎も横から中を見たところで、

「賭場に巣食う博徒ども、それに客たち、この井戸から出入りをしている。この井戸からなら、誰にも見とがめられることがないと安心しておるのだ。よって井戸を辿って行けば屋敷の外に出られる。屋敷の外なら、町方が捕物を行っても何ら咎められることはない。おれがひと暴れして、博徒どもや客たちを検校屋敷から追い出してやる。お主は捕方を率いて待ち構えておればよい」

「しかし、御一人では」

「おれの心配は無用だ。何もお主に手柄を立てさせようというのではないぞ。賭場にはおれが狙っている賞金首が五人おる。その者たちについては、お主ら町方が捕縛をしてもおれがもらい受ける。よいな」

「わかりました」

東雲は釘を刺した。

源太郎は東雲の考えを受け入れた。

「ならば、早速行け。準備が整ったら、そうじゃな、呼子は目立つ。いや、大丈夫だ。

ここには、按摩も多数出入りしておるからな。按摩だと思われるだろう」

東雲に急いで捕物出役の準備を整えると約束をして源太郎は井戸を跨いだ。東雲を振り返り、

「無茶はなさらないでください」

「無茶をしなければ賞金稼ぎ、うまくはいかん。おれは、もう少し屋敷内を探ってみる。蔵間殿と笹森がどこにとらわれておるか、それを見つけ出す」

東雲は言った。

「くれぐれも、父のこと、よろしくお願い申し上げます」

源太郎は井戸から下がる縄梯子に足をかけた。

## 四

源太郎は縄梯子を下りた。一歩、一歩、足が縄にかかるのを確かめながら降りる。深さは六間ほどであった。底に下り立つとひんやりとした空気が漂っている。星明りも届かず漆黒の闇である。提灯がないから手探りで進まなければならない。

井戸の周囲を撫でてゆくと穴がわかった。五尺ほどの高さだ。身を屈めなければ進

めない。穴の中に踏み出す。じめっとした空気が漂う暗黒の世界だ。右手を穴の壁につけながらゆっくりと進む。道幅は人がすれ違うには困らない。次第に夜目が慣れてきて、進むことが苦ではなくなった。歩調を速める。

すると、向こうから提灯が近づいてくる。

「今夜こそ稼ぎますよ」

「ずっと負けていますからね」

二人連れのようだ。

源太郎は咄嗟に身を伏せ、右隅に身を寄せた。足音と人の声が近づいて来る。闇に滲む提灯の灯りが不気味だ。

「そんなに急ぐことはありませんよ。ここは検校さまのお屋敷なんですから」

「それはわかっているけどね、ついつい気が急《せ》いてしまうんだよ」

二人はいかにも浮かれていた。大店の主人のようだが、すっかり博打にのめり込んでいる。

「わたしは、博打もいいですがね。あれ吸うのが楽しみです」

「阿片ですか。阿片はいけませんよ」

「なに、少しならかまいませんよ。気持ちがよくなって、博打も楽しくなる」

「程ほどに、いや、阿片ばかりか博打もですがな」

二人は楽し気にやり取りをしながら源太郎に近づいて来る。源太郎は両手で頭を抱え、じっと動かないようにした。と、首筋にひんやりしたものを感じた。水滴が落ちてきたのだ。声が漏れそうになるのを必死で堪える。

すると、

「おやっ」

一人が声を出した。

心の蔵がとくりとなった。鼓動が高まる。

「ちょいと、待っておくれな」

気付かれたか。気付かれたとしたら、すぐにも逃げるか。この二人の口から賭場を探索していたことが漏れては捕物出役できない。捕らえるか。

じりじりとしていると、

「鼻緒が切れてしまったよ」

一人が屈み込んだ。

「縁起でもないこと言いなさんな」

「仕方ないだろう。ちょいと、提灯で照らしてておくれな」

いかん。

提灯で自分が潜んでいることがばれてしまう。

身を起こそうとした時、

「もうすぐだよ、出口は。こんな狭苦しい所でやるより、賭場まで我慢した方がいいよ」

「それもそうだ。無理して鼻緒繋げてまた切れたら、それこそ今日の運は尽きるものね」

男は立ち上がると、井戸の方へと歩いて行った。ほっと胸を撫で下ろして、立ち上がり先へと進んだ。慎重に足音を消し進む。どれほど歩いただろうか。

やがて、ぼんやりとだがちょっと広めの空間に突き当たった。ここが外からの入り口のようだ。やはり、縄梯子がぶら下がっている。

見上げると、星が瞬いていた。

今度は急ぎ足で縄梯子を上った。

ここも井戸になっていた。

周囲を見ると、無人寺のようだ。雑草が生い茂り廃墟と化した建物がいくつか残っている。三好検校の屋敷の裏手にある焼失した寺であった。

「こんなところから出入りしているとはな」

源太郎は呟くと境内であった荒地を進む。草むらに足を取られながらも外に出た。

すると、検校邸の裏門に矢作兵庫助が立っていた。

「兄上」

小走りに向かって耳元で囁いた。

「源太郎、どうした……、その恰好」

矢作は泥にまみれた着物をまじまじと見た。

「兄上こそ、こんな所で何をやっているのですか」

と、問い返しながらも、東雲と三好検校の屋敷にやって来た経緯を語った。矢作は動ずることなく、

「三好検校こそが闇奉行とはな。おれは、美津に聞いたのだ。組屋敷に親父殿を訪ねたのだが、留守だし、百瀬先生の診療所も覗いたのだが、おられなかった。美津に訊くと、三好検校さまのお屋敷に向かったと聞いてな、様子を見にやって来たということだ」

矢作は言った。

「わかりました。兄上、検校邸に巣食う博徒ども、捕物にて捕縛してやろうと思いま

す」

源太郎は東雲と打ち合わせた捕物について語った。

「面白そうだな」

当然のように矢作もやる気満々となった。

「南町も捕物出役しますか」

「するぞ。与力前原さまは不正に手を染めてしまわれたが、このまま闇奉行にのさばられては南町奉行所の顔はない。是非とも意地を見せねばな」

矢作は胸を叩いた。

「ならば、兄上、各々奉行所に戻りまして捕物出役の手筈を調えましょう」

「よし」

「これだけは申しておきますが、抜け駆けはなしでございますよ」

源太郎は笑顔でありながら、強い意志を込めて言った。

「わかってる。しかしな、あまりぐずぐずしておると機会を逸するからな」

「その時はその時、兄上も手抜かりなく」

「よし、一時《いっとき》後に待ち合わせよう」

「ではあの無人寺で」

源太郎は走りだした。

「よし」

矢作も飛び出す。

「さて」

源太郎は気合いを入れた。

## 五

東雲は源太郎と別れてから半時《はんとき》余りじっとしていたが何もしないではいられず、屋敷内を探ることにした。賭場の様子をもっと知ろうと講堂に向かった。講堂の周囲はやくざ者が固めている。警固は厳重そうだが、三好検校の威を借るものであった。

東雲は一旦、講堂から離れ近くに建ち並ぶ土蔵に向かった。

すると、

「笹森……」

提灯を手に笹森十四郎が歩いている。その様子は自信に満ち溢れ、探っているとか、不信を抱いているようには見えない。しかも、暗がりだというのに勝手知ったる様子である。

　このため、声をかけようとするのが躊躇《ためら》われた。

　東雲は気付かれないよう足音を忍ばせて後を追った。

　笹森は土蔵の前に立った。

　身を折り、提灯で照らしながら南京錠《なんきんじよう》を外す。引き戸を明けると提灯を翳《かざ》し土蔵の中に身を乗り出した。

　誰か人がいるようだ。

　縄で縛られ床に転がされている。そっと近づく。

「蔵間源之助」

　笹森が声をかけるのが聞こえた。

　あれが蔵間源之助、源太郎の予想通り囚われの身となっていた。笹森は源之助をどうする気なのだろう。

　即座に救出しようかと思ったが思い留まった。笹森は即座に源之助の命を奪いはしないだろう。殺すつもりなら、土蔵に閉じ込めておきはしなかったはずだ。きっと、三好検校や大河原の意向で源之助を生かしておいたはずだ。

　様子を窺っていると、笹森は土蔵の中に入りすぐにも源之助を引き立て表に出て来た。

後ろ手に縛られた縄の端を摑んでいる。まるで罪人扱いだ。

「来い。大河原さまに目通りがかなうのだぞ」

笹森が言った。

笹森は源之助を引き立てて行った。

大河原播磨守に引き合わせるつもりだ。

源之助は縄を打たれたまま笹森に立たされた。大河原が濡れ縁から降りて来た。三好検校も続く。

「縄を解け」

大河原は笹森に命じた。

笹森は躊躇《ためら》いを示した。源之助が逃げると思ったのであろう。しかし、

「構わぬ、縄を解け。蔵間源之助は逃げはせぬ。死を恐れる男ではない。覚悟を決めたであろう」

大河原は構わず縄を解かせた。

大河原の言葉を受け入れたわけではないが、逃げ出すつもりはなかった。たとえ、

この場を逃れ得たとしても、検校屋敷から出ることはできまい。なますのように切り刻まれた無残な骸《むくろ》と成り果てるだけだ。

そんな醜い身体で久恵と三途の川を渡ることなどはできない。

いや、死ねば魂のみ、肉体は失われると考え直したが、最早どうでもよくなった。

今は少しでも早く久恵の下《もと》に行ってやりたい。

源之助は縄が解かれると筵に正座をした。

「蔵間源之助、よくぞ覚悟した。その覚悟に免じて一刀にてあの世に送ってやる」

大河原は大刀を抜き放った。

篝火の炎が刀身に映り、あの世への送り火のようだ。

大河原を睨み上げようかと思ったが、冥途《めいど》へ旅立つに当たって憎悪で身を焦がしたくはない。心乱れることなく平穏に逝《ゆ》きたい。

そう思って目を閉じた。

躑躅《つつじ》の植え込みに身を潜め、東雲は源之助と大河原たちのやり取りを一部始終聞いていた。

「笹森までが闇奉行に加わるとは」

東雲は冷笑を浮かべた。

大河原、三好検校、笹森十四郎、我欲に目が眩んだ者たちに比べ蔵間源之助の毅然とした様《さま》に、東雲は清々《すがすが》しさを感じた。

この男を死なせてはならない。

小人目付であった頃、もしこの男と共に旗本の行状調べができたなら。

きっと、旗本の所業を暴き立てることができただろう。御公儀への信頼を失うことなく、幕臣として、武士として、忠義を立てて士道を貫く道を歩んでいたかもしれない。賞金稼ぎに身を持ち崩すことはなかったはずだ。

いや、それは言い訳かもしれないが、蔵間源之助はこの世に必要なのだ。

損得抜きで助けよう。

「待て、闇奉行！」

東雲は叫ぶや飛び出した。

不意に叫び声が聞こえた。

源之助は目を開けた。大河原は大刀を振りかぶったまま固まった。三好検校が見えない目で声の方に顔を向けた。

笹森が、

「東雲、よくぞまいったな」

「笹森十四郎、落ちたものよ。闇奉行の同心に成り下がるとはな」

「賞金稼ぎに身を落としたお主に言われる覚えはない。お主、賞金稼ぎでは飽き足らず、闇奉行なる世を乱す悪党を気取っておるのだな。大河原播磨守さまに探索を命ぜられ、わしはお主と北町同心蔵間源之助こそが闇奉行であることを突き止めた。お主を捕縛しようと思っておったところが、お主から出向いてくれるとは、手間が省《はぶ》けたものよ」

笹森は哄笑を放った。

「下手《へた》な筋書きを立ておって」

東雲は青龍刀を抜き放った。

笹森も抜刀し東雲に斬り込んで来た。

同時に、源之助は立ち上がる。我に返った大河原が刃を向けてきた。源之助は素早く大河原の懐に入り、大刀を握る両の手首をねじり上げた。

「無礼者め」

大河原は顔を歪ませ握る手の力を緩ませた。

そこへ、

「死ね、蔵間」

三好検校が仕込み杖を抜き、逆袈裟に斬り上げてきた。源之助は大河原の大刀を奪い取り、刃を受け止めた。

白刃がぶつかり合い火花が散る。

やがて、周囲からやくざ者が駆けつけてきた。

「面白くなってきたぞ」

東雲は舌なめずりをし、青龍刀を振り回した。数人のやくざ者が腕や胴、足を斬られ白砂の上に悶絶する。

源之助も俄然闘志が沸き上がった。

つい先ほどの死を前にした清澄な心は消え去り、阿修羅《あしゅら》のごとき戦いの炎に身を投じたくなった。

――久恵、すまぬ。共に三途の川を渡ることできなくなった――

妻に詫び大刀を八双《はっそう》に構える。

身体中に熱い血潮が駆け巡った。

「悪党、許さん」

源之助は三好検校に向かった。三好検校の前にやくざ者が立ち塞がる。構わず、大刀を振り突っ込んで行く。いかつい形相が怒りに染まっているのが自分でもわかる。篝火に照らされ、鬼の形相となっていることだろう。やくざ者は気圧《けお》され、及び腰となった。

東雲はやくざ者を蹴散らし、笹森に迫る。

「笹森、勝負だ」

すると笹森も、

「よかろう」

と、応じるや邪魔だとやくざ者たちを追い払った。

東雲は青龍刀を大上段に構えた。

笹森は正眼《せいがん》の構えだ。

東雲は頭上で青龍刀をぐるぐると振り回し、間合いを詰める。

笹森は動かず東雲を待ち構えた。

「おう！」

大音声と共に東雲は青龍刀を振り下ろした。笹森は素早く身を引いた。青龍刀が空を斬る。すかさず、笹森の切っ先が突き出された。今度は東雲が身を躱《かわ》す。

しかし、笹森の攻撃は止まらない。

激しくも鋭い突きを繰り出し続ける。

東雲は巨体には不似合な敏捷さで笹森の突きを凌ぐと、くるりと背中を向け走りだした。意表をつかれたやくざ者たちが浮足立つ。

「退け！」

東雲が青龍刀を振り回すとやくざ者は我先にと逃げ散る。東雲はやくざ者の間を走り抜け、御殿の濡れ縁に飛び上がった。

間髪容《かんはつい》れず振り返る。

笹森が追いついて来た。

「敵に背中を見せるとは卑怯千万。武士の風上にもおけぬ奴。検校さまの御殿を不浄な血で穢してはならじ。降りてまいれ」

笹森は言った。

「士道なんぞ、とうに捨てたが、よかろう。降りてやる」

東雲は言葉とは裏腹に御殿の中に引っ込んだが即座に勢いをつけて濡れ縁まで走って来た。

次いで、

「食らえ！」

夜空に届かんばかりの声を放ち、跳び上がった。

笹森の頭上高く跳んだ東雲は、さながら巨大な怪鳥が舞い降りたごとく笹森の眼前に現れた。

同時に青龍刀が振り下ろされる。

咄嗟に笹森は大刀で受け止めようとした。

刃がぶつかり合う音が走り、笹森の刃が折れた。

折れたのは刃ばかりではない。

凄まじい勢いをつけた青龍刀は笹森の頭蓋骨を割り、顎まで斬り下げた。

笹森の身体が血飛沫《ちしぶき》を上げどうと倒れた。東雲は小さく息を吐いた。

と、銃声が轟いた。

東雲は胸に衝撃を受け、思わず片膝をついた。銃声の方を見やる。笹森の亡骸の向こうに短筒を構えた浪人が立っていた。

賞金首の筆頭、元関東取締役出役、通称八州廻り木崎洋二郎である。

「馬鹿めが」

東雲は立ち上がり木崎に迫る。

木崎は浮足立って、更に二発を放った。一発は外れたが、もう一発は再び東雲の胴を撃った。だが、東雲はたじろぐことなく憤怒の形相で木崎の前に立った。

木崎は更に引鉄《ひきがね》を引いたが最早弾切れである。

東雲は物も言わず、青龍刀を横に一閃させた。短筒を握ったままの腕が白砂に転がる。木崎は絶叫してのたうち回った。

弾丸を浴びても平気な顔で青龍刀を振るう東雲にやくざ者たちはすくみ上がった。成す術《すべ》もなく呆然と立ち尽くしている。

そこへ、

「御用だ！」

という声が轟き渡った。

六

源之助と東雲が暴れ回る少し前、源太郎と矢作は南北町奉行所の捕方を引き連れ、検校屋敷の裏手にある荒れ寺に集まっていた。

みな、小袖を尻はしょりにし、額には鉢金を施している。中間《ちゅうげん》、小者は突棒《つくぼう》、袖《そで》絡《がらみ》、刺股《さすまた》、梯子《はしご》といった捕物道具で武装し、今や遅しと突入を待っていた。

南北町奉行所合わせて五十人を数える捕物出役である。

源太郎は小者に何度も呼子を鳴らさせたが、井戸からやくざ者も客も出てこない。

「東雲殿、賭場からやくざ者や客を追い立てると申しておられたのですが、手間取っておられるようです」

「親父殿のことも心配だ。ええい、もうよい、手入れだ」

矢作は焦れて言った。

「もう少し待った方がいいのではござらぬか。かりにも検校屋敷です」

源太郎らしい生《き》まじめさを矢作は鼻で笑ってから、

「おや、怪しい奴が井戸へ入って行ったぞ」

矢作は井戸を見た。源太郎は中間《ちゅうげん》にがんどうを向けさせたが人影はない。

にもかかわらず、

「怪しい奴め、見過せぬ。追うぞ」

矢作は捕方に命じた。

訝《いぶか》しむ源太郎に、

「井戸に怪しい男が入って行ったのだ。その男を追いかけたら賭場があった。よって、摘発する、まさか、井戸の先が検校さまのお屋敷とは思いもしなかった、というわけだ」

矢作らしい強引さだが、源太郎も納得できた。

「ぼやぼやしていると、南町だけの手柄とするぞ」

矢作は言うや捕方を率いて井戸の中に入って行った。

「続け」

源太郎も十手を頭上に掲げた。

南北町奉行所の捕方に追われ、賭場に巣食っていたやくざ者や客が雪崩《なだれ》込んで来た。

「無礼者、静まれ」

大河原は威厳を保とうと胸を張ったが、次々と捕縛されていくやくざ者、無残な姿と化した笹森の亡骸に畏れをなしたのか声が裏返っている。

源之助は大河原に切っ先を向け、

「大河原播磨守、いや、闇奉行三好検校を操る大悪党、神妙に縛《ばく》につけ」

「黙れ、町方風情が」

大河原は血走った目で叫びたてたが、まさしく負け犬の遠吠えだ。

「大河原さま、名門大河原家の名を穢《けが》されますな」

源之助は静かに告げた。

その一言は大河原に衝撃を与えた。

大河原は膝から崩れ、うなだれた。

「神妙にお縄になってくだされ」

源之助が眼前で片膝をつくと、

「町方の縄など受けられるか」

大河原は弱々しく呟いたと思うや脇差を抜き、自らの首を掻き切った。

源之助が唇を嚙んだところで、

「闇奉行の元締め、わしが退治してやった」

大河原の口からは言葉と共に血潮が溢れ出た。最期は強がりが遺言となった。

矢作と源太郎がやって来た。

「父上、よくぞ、ご無事で」

「こちらの御仁に助けられた」

源之助は東雲に向いた。

源太郎が頭を下げると、

「それより、三好検校だ。やつは、例の井戸から逃れたのではないか」

東雲に言われ、周囲を見回すと三好検校の姿はない。捕物騒ぎに紛れて逃げ去ったようだ。源太郎が追いかけようとしたが、

「闇奉行はわたしが捕らえる。わたしの役目だ」

源之助は有無を言わさずに告げると、源太郎から井戸の所在を聞き、がんどうを借りると走りだした。


井戸の縄梯子を伝い底に下り立ち、源之助はがんどうで穴を照らした。耳をすませると、足音がゆっくりと遠ざかってゆく。足音に加えてこつこつという音が聞こえるのは、三好検校が杖をついているからだろう。

源之助はがんどうを右手に持ち、足音を追いかけた。奥深く進むまでもなく三好検校の背中が見えた。

「闇奉行、覚悟しろ」

源之助は腰から十手を抜いた。

三好検校は振り向き様、仕込み杖を抜き放った。

必殺の逆袈裟斬りが襲いかかる。

かろうじて避けることができたものの、がんどうが斬り落とされ、真っ暗闇となった。

「真っ暗では目開きは不自由であろう。闇はわしが支配する世ぞ」

三好検校の声が響く。地の底から湧いてくるような魍魎《もうりょう》の声音だ。

源之助は後ずさった。

そこへ仕込み杖が斬り上げられる。咄嗟に十手を突き出す。ところが、逆袈裟の勢いは凄まじく十手が弾き飛ばされた。

すぐさま大刀を抜き、左右に振り回す。

めったやたらと動かしたところで敵に当たるわけがない。

今は自分が盲人だ。

――焦るな――

自分に言い聞かせる。

この暗黒、いくら目を凝らしたところで見えはしない。ならば、目では見ぬことだ。

三好検校ではないが、心の目で見よう。

いや、見るのではない。

感じるのだ。

悪党は気配でわかる。永年に亘《わた》る八丁堀同心としての勘を信じるのだ。

大刀を下ろし、すっくと立ち尽くす。

両目を瞑って邪念を断った。

肌寒い空気が襟元から忍び寄り、脳裏に三好検校の姿が浮かんだ。

仕込み杖を逆手に持ち、源之助を切り刻まんと楽しげに窺っている。

一撃が繰り出された。

源之助は大刀を脛《すね》の周りを囲むように動かした。仕込み杖とぶつかり合う。

三好検校の足音が乱れた。

大刀を構え直す。

と、右横に気配がした。咄嗟に大刀を右に突き出す。てっきり、下段からすり上げてくるものと思ったが、予想に反して仕込み杖は上段から振り下ろされた。

上から大刀が叩かれる。

源之助の手から大刀が落ちた。

大刀が転がる音が耳につく。

すぐさま、仕込み杖が襲ってくると思ったが不気味な沈黙が続く。

源之助に十分な恐怖を味あわせてから殺すつもりなのだろう。

ところが、源之助の心は穏やかだ。鏡のごとく研ぎ澄まされ、三好検校が仕掛けてくるのを待つ。

視界が閉ざされているため、攻撃に出ることはできない。襲撃されるのを好機と捉え、反撃に転ずるのだ。

すると、静寂の中に三好検校の息遣いを感じた。源之助の背後に回ったようだ。

敢えて振り向くことなく立ち続けた。

仕込み杖が下段に構えられる。

源之助は身を屈めた。次の瞬間、振り向くと同時に雪駄を脱いだ。頭上で仕込み杖が空を斬った。

思惑が外れたのだろう。

三好検校の動きに乱れが生じた。

足音がばたついた。

源之助は立ち上がる。

逆袈裟斬りが繰り出された。

左手で雪駄を出し、仕込み杖を受け止めた。雪駄の底に敷いた鉛の板が白刃に耐えてくれる。

すかさず右手に持った雪駄を裏から振り下ろす。

確かな手応えと共に、

「うぎゃあ！」

三好検校の悲鳴が上がった。

すかさず馬乗りになり、何度も雪駄を振り下ろした。そのうち、三好検校は動かなくなった。

そこへ、がんどうの灯りが近づいて来た。源太郎と東雲だ。

がんどうに照らされた三好検校の顔は血まみれだった。鼻がへしゃげているということは折れているのだろう。息があるから死んではいない。

殺すつもりはない。

法の裁きを受けさせるのだ。

「蔵間殿、雪駄で戦ったのか」

東雲が驚きの声を上げた。

「この雪駄、ただの雪駄ではござらん」

源之助は雪駄の裏を東雲に向け、底に鉛を伸ばした板を敷いていることを教えた。

東雲はにんまりと笑い、

「蔵間殿が鉛なら、おれは、鉄だ」

と、小袖の懐を大きく開けた。

首から鉄板が吊られていた。がんどうの灯りに鈍く光る鉄板には鉛の弾丸が二つめり込んでいた。

源之助はうなずくと三好検校の顔に視線を移し、

「久恵と同じ目に遭わせてやった。と申しても、手加減を加えたゆえ、久恵のように命を落とすことはあるまい」

悔しいが、自分は八丁堀同心、私怨により私刑を加えるわけにはいかない。久恵もわかってくれよう。

すると、

「父上、何を申されるのですか。母上は御無事でございますよ」

源太郎が言った。

「ま、まことか」

源之助は源太郎の顔を見た。とても冗談や慰めを言っているようには思えない、いつもながらの生まじめな顔つきだ。第一、源太郎が母の生死を偽るはずがない。

「母上は、早く屋敷に戻りたいと申しておられますぞ」

自分は三好検校たちに欺かれていたようだ。

どうして、久恵が死んだと伝えたのかはわからないが、ともかく、よかった。

暗がりに光が差し、闇が晴れたようだ。

## 七

弥生《やよい》一日、桜満開の日、源之助は居眠り番に出仕した。

小机に片肘を付き、天窓を見上げる。青空に綿菓子を薄く伸ばしたような雲が広がり、軒先に巣を作った雀が元気に鳴いていた。

今日も日がな一日暇を持て余すことになる。

闇奉行との対決のあとだけに、この平穏はありがたい。畳に寝そべりたいところだが。さすがにそれはできない。

すると、引き戸が乱暴に叩かれ、

「御免、東雲でござる」

東雲龍之介が戸を開けた。

三好検校の屋敷で一度会っただけなのに、妙な懐かしさを覚えた。

「入られよ」

源之助は畳に座りなおした。

東雲は背中の青龍刀を右手に持ち、長身を屈めながら入って来た。土蔵の中が狭くなったような気がする。

「これ、取ってくだされ」

前置きもなく東雲は紫の袱紗包みを小机に置いた。金が入っているのだろう。袱紗を広げると、案の定、小判の紙包みが二つ、すなわち五十両だ。

もらういわれはない、と言う前に、

「受け取ってもらわねばならぬ。三好検校の屋敷で賞金首を捕らえることができたのは、蔵間殿のお陰」

「いや、むしろ、わたしが貴殿に助けられたのです。受け取るわけにはまいりませぬな」

源之助はつい意地を張ってしまった。

東雲はにんまりとし、

「そう、申されると思った。実は、源太郎殿にも断られました。役目を遂行しただけで、賞金稼ぎを行ったわけではないと」

いかにも源太郎らしい。

融通が利かないところは父親譲りだが、誇らしくもなった。

東雲が、

「ならば、この金、お内儀の病見舞いということで収めてくだされ。お内儀、平癒に向かわれているとか。何よりと存ずる」

「はあ……」

久恵のことを持ち出されると弱い。

あと数日で診療所を出られると百瀬から聞いている。

「蔵間殿、ここはおれの顔を立ててくだされ。賞金稼ぎの浪人に身を落としたとは申せ、おれも武士の端くれ、一旦出した金は引っ込められませぬ。この金でお内儀を湯治にでも連れて行ってさしあげたらどうです」

なるほど、久恵には何かしてやりたい。

文句一つ言わず自分に尽くしてくれた挙句《あげく》、自分のせいで生死に関わる怪我を負った。もし、死んでしまったら夫らしいことは何もしてやることができなかったところだった。

一つくらい女房孝行してやるか。

してやるなら今だ。久恵の災難に便乗するのは卑怯だが、今なら自然と箱根にでも行くか、と誘うことができる。

「かたじけない」

源之助は頭を下げた。

東雲の顔から笑みがこぼれた。

大河原播磨守と三好検校の罪が暴き立てられ、大河原家は改易《かいえき》、三好検校は死罪となった。三好検校が源之助に久恵が死んだと笹森に告げさせたのは、源之助の罪をより重くするためだということだった。

源之助が妻の死を知れば、怒りに駆られて六平を斬る、ところが実際は久恵は重傷を負っただけ、となれば世間の源之助への風当たりは強くなると踏んだのだった。三好検校らしい陰険で姑息《こそく》な企てであった。

「では、これにて」

用がすむとさっさと帰るのはいかにも東雲らしい。

「これから、いかがされるのですか」

源之助が問いかけると、

「決まっております。賞金首を求めて関八州を旅して回ります。そうですな、関八州各地の桜を愛でる旅となりましょう。ま、気楽なものでござるよ」

東雲は立ち上がり、青龍刀を右手に出て行った。

気楽なものという言葉の裏には、死と隣り合わせにある己が生涯への思いが込められているような気がした。

夕刻、源之助は八丁堀の組屋敷に帰った。

木戸門を潜り飛び石伝いに母屋に至る。格子戸を開け、

「ただ今、戻った」

と、独り言を呟くと廊下を足音が近づいて来た。はっとした途端、

「お帰りなされませ」

久恵が式台に三つ指をついた。

「もう、よいのか……」

「はい」

源之助を見上げた久恵がにっこり微笑んだ。

額や鼻の辺りはまだ腫れが残っているが、思ったよりも回復している。百瀬への感謝と久恵への労《いた》わりを胸に大刀を鞘ごと抜いた。久恵は受け取ると鞘を袱紗で包んだ。

廊下を歩きながら何か優しい言葉をかけようと思案したが、出てこない。居間に着いたところで、

「腹が減った」

と、言ってしまった。

「直ちに、夕餉を調えます」

久恵は普段通りに居間を出て行った。

日常が戻った。

風に舞う桜の花弁が夕陽を浴びて茜に染まっている。

「夕餉はあとでよい。こちらにまいれ」

源之助は縁側に座った。

妻と並んで桜を愛でようと思った。

時代小説

二見時代小説文庫

# 闇《やみ》への誘《いざな》い　居眠《いねむ》り同心《どうしん》　影御用《かげごよう》19


著者　早見《はやみ》　俊《しゅん》

発行所　株式会社　二見書房
東京都千代田区三崎町二-一八-一一
電話　〇三-三五一五-二三一一［営業］
〇三-三五一五-二三一三［編集］
振替　〇〇一七〇-四-二六三九

印刷　株式会社　堀内印刷所
製本　ナショナル製本協同組合




ISBN978－4－576－16049－8
http://www.futami.co.jp/

## 二見時代小説文庫